圖書在版編目(CIP)數據

廬山古今遊記叢鈔 / (民國)吴宗慈輯注. —上海:上海古籍出版社, 2016.10

ISBN 978-7-5325-8135-1

Ⅰ.①廬… Ⅱ.①吴… Ⅲ.①遊記—作品集—中國—古代 Ⅳ.①I262

中國版本圖書館 CIP 數據核字(2016)第 137838 號

ISBN 978-7-5325-8135-1

9 787532 581351 >

廬山古今遊記叢鈔(全二册)

〔民國〕吴宗慈 輯注

出版 上海世紀出版股份有限公司
上海古籍出版社
(上海瑞金二路二七二號 郵政編碼二〇〇〇二〇)
(一)網址:www.guji.com.cn
(二)E-mail:guji1@guji.com.cn
(三)易文網網址:www.ewen.co

發行經銷 上海世紀出版股份有限公司發行中心

印刷 杭州蕭山古籍印務有限公司

開本 六五〇乘一五六〇毫米 八開

印張 三九・五

版次 二〇一六年十月第一版 二〇一六年十月第一次印刷

印數 一—一二〇〇

書號 ISBN 978-7-5325-8135-1/I・3080

定價 四百八十元

廬山古今遊記叢鈔

〔民國〕吴宗慈 輯注

上海古籍出版社

廬山古今游記叢鈔

陳三立

散原

序

廬志失修近三百年文獻既已無徵况檢尋舊志紀載簡僿足以温故不足知新前歲冬乃定議重修於是就舊志體例或因或創不襲不阿重爲整輯凡關科學如測繪地質生物等均聘專門學者任之計調查編纂閱時一年有奇功雖逾半四方朋好輒欲先覩爲快顧率爾操觚則吾豈敢爰選輯古今人廬山遊記自晉迄今凡若干家約十萬言其古今情勢不同或紀載訛誤則以己意加註先付剞劂庶幾嘗鼎一臠夫廬嶽著聞於世始於晉釋慧遠故以慧遠廬山記始遊記後附以牯牛嶺租借地略考等顏曰廬山古今遊記叢鈔亦庶幾廬山眞面得其近似否乎吳宗慈序

時民國二十一年五月

此編初版印行手民排檢訛奪彌甚時廬山志屬稿未竣也今全志刊行乃重付排印並增遊記數篇加以校勘民國二十三年一月吳宗慈再記

廬山古今遊記叢鈔目錄

卷上
序
晉代
釋慧遠廬山略記　游廬山記　又游廬山記
廬山諸道人游石門詩序
唐代
白居易游大林寺序
宋代
周必大廬山錄
廬山後錄
王廷珪游廬山記
陸游遊廬山東林記
元代
李洞廬山游記
明代
王褘自建昌州還經行廬山下記
開先寺觀瀑布記
游棲賢寺觀三峽橋記
林俊游天池寺記
李夢陽游廬山記
王世貞游東林天池記
王世懋游匡廬記山北大林寺
游五老三疊開先瀑布記
羅洪先游廬山記
王思任游廬山記

畢成珪石門游記
曹學佺游匡廬記
袁宏道游記
湯賓尹游廬山記
　游棲賢橋記
徐宏祖游廬山記
釋行遠游三疊泉記即方以智
黃道周游廬山詩序
宋愓廬游紀事即宋之盛
　峯瀑一指
清代
黃宗羲匡廬游錄
查愼行廬山紀游
劉蔭樞游黃巖說
吳闌思匡廬紀游
李紱六過廬山記
邵長蘅廬山游記
潘耒游廬山記
李曰鋮游石門序
袁枚游廬山記
靖道謨自白鹿洞游廬山記
洪亮吉游廬山記
惲敬游廬山記
　游廬山後記
李宗昉游廬山天池記
民國

胡適游廬山記
附
遊記撰人略歷
廬山租借地交涉案述略
遊程述略

重修廬山志 編纂主任吳宗慈輯注

晉代

釋慧遠廬山略記（注陳舜俞廬山記題爲廬山略記後出各舊志均無略字茲從陳記）

山在江州潯陽南南濱宫亭北對九江九江之南爲小江山去小江三十里餘左挾彭蠡右傍通川引三江之流而據其會山海經云廬江出三天子都入江彭澤西一曰天子鄣彭澤也山在其西故舊以所濱爲彭蠡有匡續先生者一作裕出自殷周之際遯世隱時潛居其下或云裕受道於仙人而適遊其巖遂託室巖岫即巖成館故後人感其所止爲神仙之廬而名焉其山大嶺凡有七重圓基周迴垂五百里風雲之所攄江山之所帶高巖仄宇峭壁萬尋幽岫窮崖人獸兩絕天將雨則有白氣先摶而纓絡於山嶺下及至觸石吐雲則倏忽而集或大風振巖逸響動谷羣籟競奏其聲駭人此其化不可測者矣衆嶺中第三嶺（注慧遠以上霄爲第三嶺不知以何者爲第一第二嶺也）極高峻人之所罕經也太史公東遊登其峯而遐觀南眺五湖北望九江東西肆目若陟天庭焉其嶺下半里許有重巖上有懸崖古德之所居也其下有巖漢董奉復館於巖下常爲人治病法多神驗絕於俗醫病愈者令栽杏五株數年之間蔚然成林計奉在人間近三百年容狀常如三十時俄而昇仙絕迹於杏林其北嶺西巖之間常懸流遙霑激勢相趣百餘仞中雲氣映天望之若山有雲霧焉其南嶺臨宫亭湖下有神廟即以宫亭爲號其神安侯也亭有所謂感化文（缺）七嶺同會於東共成峯崿其巖窮絕莫有升之者昔野夫見人著沙彌服凌空直上既至則踞其峯良久乃與雲氣俱滅此似得道者當時能文之士咸爲之異又所止多奇觸象有異北背重阜前帶雙流所背之山左有龍形而右塔基焉下有甘泉湧出冷暖與寒暑相變盈減經水旱而不異尋其源出自於龍首也南對高岑上有奇木獨絕於林表數百丈其下似一層浮圖白鷗之所翔玄雲之所入也東南有香爐山孤峯獨秀起游氣籠其上則氤氳若香煙白雲

映其外則炳然與衆峯殊別將雨其下水氣湧出如車馬蓋此龍井之所吐其左則翠林青雀白猿之所憇玄鳥之所蟄西有石門其前似雙闕壁立千餘仞而瀑布流焉其中鳥獸草木之美靈藥萬物之奇略舉其異而已耳

游廬山記 御覽四十一

自託此山二十二載凡再詣石門四游南嶺東望香爐秀絶衆形北眺九流凝神覽視四巖之内猶觀之掌焉傳聞有石井方湖足所未踐

又游廬山記 世說

自託此山二十三載再踐石門四游南嶺東望香爐峯北眺九江傳聞有石井方湖中有赤鱗涌出野人不能叙直歎其奇而已矣

廬山諸道人游石門詩序

注 其詩爲釋慧遠作舊志誤以題上廬山諸道人字爲作者名今據顧祖禹方輿紀要訂正此載見廬山小志者第查序中有釋法師語似指慧遠言然則謂慧遠所作亦不能無疑姑據小志載慧遠廬山記後又考陳舜俞廬山記云今廬山略記幷游石門詩序刊石於寺皆因匡山集中本云云是亦慧遠作一旁證也容續考

石門在精舍南十餘里一名障山基連大嶺體絶衆阜闢三泉之會竝立而開流傾巖元映其上蒙形表於自然故因以爲名此雖廬山之一隅實斯地之奇觀皆傳之於舊俗而未覩者衆將由懸瀨險峻人獸跡絶徑迴曲阜路阻行難故罕經焉釋法師以隆安四年仲夏之月因詠山水遂振錫而游於是交徒同趣三十餘人咸拂衣晨征悵然增興雖林壑幽邃而開途競進雖乘危履石並以所悅爲安既至則援木尋葛歷險窮崖猿臂相引僅乃造極於是擁勝倚巖詳觀其下始知七嶺之美蘊奇於此雙闕對峙其前重巖映帶其後巒阜周迴以爲障崇巖四營而開宇其中則有石臺石池宮館之象觸類之形致可樂也清泉分流而合注淥淵鏡淨於天池文石發彩煥若披面檉松芳草蔚然光目其爲神麗亦已備矣斯日也衆情奔悅矚覽無厭游觀未久而天氣屢變霄霧塵集則萬象隱形流光迴照則衆山倒影開闔之際狀有靈焉而不可測也乃其將登則祥禽

拂翮鳴猿厲響歸雲迴駕想羽人之來儀哀聲相和若元音之有寄雖髣髴猶聞而神以之暢雖樂不期歡而忻以永日當其冲豫自得信有味焉而未易言也退而尋之夫崖谷之間會物無主應不以情而開興引人致深若此豈不以虛明朗其照閑邃篤其情耶並三復斯談猶昧然未盡俄而太陽告夕所存已往乃悟幽人之玄覽達恆物之大情其爲神趣豈山水而已哉于是徘徊崇嶺流目四矚九江如帶邱阜城垤因此而推形有巨細智亦宜然乃喟然歎宇宙雖遐古今一契靈鷲邈矣荒途日隔不有逝人風跡誰存應深悟遠慨然長懷各忻一遇之同歡感良辰之難再情發于中遂共詠之云爾

注詩詳廬山志藝文詩存

附題跋見同治德化縣志

續茂功與德洪覺範道人自虎溪屏人乘入資聖菴少焉歷石門澗錦繡谷窮高陟險遂至天池致敬普見如來獲紫金光明之瑞越翌日齋罷作禮而退聞佛手巖寶林峯之勝一一登覽其上望擲筆峯下瞰聖經巖神刻至側不知幾千仞而江流呑天山接平野雲烟開合一目千里茲實匡廬第一境隱然爲天下奇觀也薄晚投宿化城回望杖履所經蘿逕鳥道杳然在層崖絕壁之上殆非人間之遊也此身儻未變滅要當結廬以終

注據陳舜俞廬山記慧遠廬山略記及游石門詩序均刊石於寺因以此二篇冠古今游記之首故副刊金石匯考未載入附述于此

唐代

白居易游大林寺序

予與河南元集虛范陽張允中南陽張深之廣平宋郁安定梁必復范陽張時東林寺沙門法演智滿中堅利辯道建神照雲皐息慈寂然凡十有七人自遺愛草堂歷東西二林抵化城憩峯頂登香爐峯宿大林寺大林窮遠人跡罕到環寺多清流蒼石短松瘦竹寺中惟板屋木器其僧皆海東人山高地深節氣絕晚於時孟夏如正二月天梨桃始華澗草猶短人物風候與平地聚落不同初到恍然若别造一世界者因成絕句云人間四月芳菲盡山寺桃花始盛開長恨春歸無覓處不知轉入此中來旣而周覽屋壁見蕭郎中存魏郎中宏簡李補闕渤三人名姓文句因與集虛輩歎且曰此地實匡廬第一境由驛路至山門無半日程自蕭魏李遊迨今垂二十年寂無繼來者嗟乎名利之誘人也如此元和十二年四月九日白樂天序

宋代

周必大廬山錄

丁亥三月乙巳過隆興府（注隆興宋改南昌郡置即今南昌府）翌晚泊吳城山下廟登望湖亭春水未生涯渚歷歷丁未舟人賽廟畢解去自此入湖掠渚溪神岡左蠡廟皆不泊湖中多沙山望之如雲廬阜青蒼眞欲招隱耶未後次南康軍僉判趙無悔相訪別適周歲矣借虞兵陳宣前導出西門諸峯橫陳瀑布中瀉寒食節遊人布路約十餘里至開先寺長老不在同西堂元湛上漱玉亭觀石柱間辛巳四月題名開先舊屋惟有此亭（注漱玉亭久圮辛巳題名已不可考矣）其上即石橋又其上瀑布落焉瀦爲龍潭旱歲祈禱頗應回觀僧堂即南唐元宗少年書堂也古碑一空魯直院記偶存耳（注今魯直記亦不存矣）寺之東山別有小瀑號馬尾泉其餘境物之勝僧徒皆不能言要當按陳令舉之記以浹旬搜訪或可得其四五耳飯罷日已落急命車南訪歸宗寺由簡寂觀路口以迂僻不果入行官道約十里將至寺先度鸞溪橋酌一滴泉躡支徑過水碓循溪源有大池縱廣十丈甃護皆以石又其上則石鏡溪聞刻魯直三大字嘌黑不能視獨題歲月於王龜齡待制詩碑後（注詩碑題名并佚）溪上直紫霄峯鐵塔在焉（注鐵塔非在紫霄此語誤）村民以三四月一往採茶約十里云自此即架石渠導水長至二百丈最爲奇特此外舊物稀矣秉燭入寺寺在金輪峯下金輪上霄相接上霄者秦皇漢武帝所登也（注金輪上霄並不相接）長老名僧樅閩人同謁王右軍塑像（注此像已久不存）觀墨池鵝池皆其遺跡南山至此已十八九尚有康王觀谷簾泉在一二十里間遂轉山北入江州界矣隔路別峯號黃龍是爲湯泉有寺幾廢云樅作果供二鼓就寢今日之遊雖匆匆而籃輿中偏觀山面所得爲多恨不能詩以識之戊申聞五更鐘即蓐食以火炬夾車而歸（注宋時乘車行其車制若何待考）初雨甚無從假蓋已而稍止至萬杉院天始明頃經焚蕩尤貧乏同長老上散珠亭即舊滴翠亭也雨復作亟過棲賢路稍崎嶇然不妨觀山也約十餘里至三峽橋蘇黃門所記殆非誇詞恨不遇積雨怒漲時耳下視橋柱余靖元絳皆刻姓

名自此行爲通衢至玉淵亭澗水披石陟落匯爲龍湫雪濺雷吼不減三峽又數十步乃至寺山林陰翳棟宇零落如蹈無人之境升其堂長老妙徽方出嘉州人也同至五老亭古碑多燼於火而祖無擇愛堂銘獨存堂今在菜圃後僅存階梯按記文唐寶歷初李渤捨宅爲寺云聞數里間有楞伽折桂諸小院乃舊屋楞伽卽李常公擇山房有其妹墨竹存焉行迫歸不能往出棲賢行十里得官道入羅漢院雖免火厄而主者非其人坐觀摧敗略不支補惟藏殿尚如舊內外皆石柱刻龍繞之承平時民財旣富濟以國力固應如此又十八里入北門江行圖欲登落星寺而衆客在岸應酬移時日已過未遂解去晚泊女兒港己酉早昏霧辰後方解而北風作過大孤泊黃泥洑風止乃泊樟氿口頃之風稍息行數里浪勢未平家人輩驚怖復挂帆回樟氿昨日若遇此天氣則小留落星再遊廬山矣

廬山後錄

十月乙未朔壬子次南康軍水殊未落入泊塞中癸丑欲游廬山值大雨乙卯拂旦出西門過開先路口數里由別徑入簡寂觀宋陸修靜（注陸爲劉宋時）人故居也其旁有嶽廟（注簡寂觀久廢今東嶽廟尚存）守者云先生煉丹井已過回步訪之深三尺在田間酌訖乃至觀中陳賢良記云觀在白雲峯下其間一峯獨秀曰紫霄其北又有屏風山其前一里有雞籠山觀門有朝眞閣殿前有先生醮石亦名禮斗石（注石今猶存在）道藏刻石銅天尊像石磬白雲樓西澗懸瀑落於廡前甜苦筍間歲一生相傳先生手種者（注笋已絕種）邂逅章續與之同過度仙橋記云許堅曬衣石澗中間道士則云沙石湮沒久矣進觀連理樹次至先天觀次至祥符觀舊名靈溪記云三武士嘗棲溪側漢武賜名齊朝修創南唐重修今石衢甚廣而屋宇極不振自此數百步卽歸宗禪寺樅老來迎飯而後行道中有三將軍別祠卽所謂三武士其名曰唐建威李德殳宋刁雲正廟自歸宗登山纔里餘又其上八里則紫霄峯峯頂有鐵浮圖九級（注此誤刊正見前）藏舍利遠望如枯木而晉梵僧耶舍亦有墳在其上（注耶舍墳考見後胡適游記）又三里有謝景先草堂乃杏林故地天氣未佳

且無嚮導不果徧遊杏林者後漢董奉活人疾不取貲使愈者人植杏五株然奉自有太乙觀在山北或曰杏林在此而上昇太乙觀耳記又言歸宗後峯半右石室中有夏禹刻字僅百餘人無復至者過歸宗望紫霄峯亦有瀑布（注此瀑布即今歸宗寺後之玉簾泉）行官道約三里入小路訪栗里求醉石土人直云此去有陶公祠無栗里也（注今土人祇知有醉石觀不知有陶公祠也）屈曲行三里遇數道人草菴背有崖崖有澗醉石在焉仰視飛瀑披大石而下甚爲奇觀石有坳處俗云陶公枕痕也又指若虎跡者其說尤荒唐嘗記前人題詩云五字高吟酒一瓢廬山千古想風標至今門外青青柳不爲東風肯折腰惜乎不記其姓名餘具記中久之復出官道訪謝康樂經臺（注陳舜俞桑喬廬山記於山南北均載此經臺想亦如董奉杏林故事耳）或云地屬皇甫道人已樊之矣次至黃龍靈湯院敗落特甚而湯泉固自若或云有東坡和可遷絕句於壁間又十五里落路數百步至康王景德觀對天柱峯倚凌雲峯兵火後殊草創其西有四菴一院相去不遠而記中無所取故不往夜宿山月軒下臨大溪簾水所注也終夜如大風聲丙辰早同道人喬太和渡溪入谷五里至舊觀基今爲菜圃又半里至龍泉院破屋數間而已又十里至董氏茅屋蔬食畢望簾而進此陸羽茶經第一水也熙寧元年七月夏倚所記信而有徵言過石磴路甚危蓋鳥道緣崖其下卽澗壑又草木蒙密須盡芟去乃能徐步耳倚所謂平石可坐數人者正與簾相對過此則大石散亂不可行余跳躍其間從者皆驚逼簾濺沫噴人如霧雨毛髮凜然水初束於石硤勢猶未廣旣而散布傾瀉雖冬深水縮猶爲十餘派聞山後乃開先路豈非與山半之瀑同源耶（注漢陽峯水西流爲谷簾泉東流爲開先二瀑谷公此言是也）谷中若用兩壯士挾山轎則可代步然屢涉溪流春夏漲溢亦未易進也今日予皆徒行幸天氣清和歸路方有微雨回至山月軒道士喬太和猶未飯且言嘗有雪覆谷中不知也去觀五里至荊林寺是爲山北江州境大風人不能立晡時至侯溪市入圓通崇勝禪院古有侯氏故以名溪長老不在首座祖勝潼州人可與語同過旻古佛塔謁西堂修誼故人惟納之兄也東塔廣福院相

去二里寒甚不可往步至磨院風亦甚或云寺前山中有風穴故多風飯罷登至樂亭觀李後主及昭惠后畫像訪清音亭兵火後偶餘此亭乃摧壞弗葺惟石渠二百五十丈尚無恙夜宿寺中丁巳早謁圓通殿會食於東軒出門望馬耳石耳峯方出昨夜疑大雪今日天氣乃稍開晴過甘泉市至七里岊（注今名七里岡）落路飯廣福菴菴泉水即石門澗也同主僧慧辨行百餘步訪尊勝菴下有大石高數丈長如之中若劃裁可過二三人謂之石門相傳古有僧誦尊勝咒而石開遂以名菴菴對仙步峯又數十步至保甯菴三面皆出其南石旍峯在焉此三菴皆沿石門澗激水碓茶資其利（注清嘉慶後即改爲碓香末用今猶未改其習焉）次度橋上雙龍菴雙龍謂錦繡澗及菴旁小澗過此直上天池凡五十里（注所謂五十里者乃擬議詞極言路艱宋時登山由錦繡谷經人頭石而上非今九十九盤登山之路也）或云兩旁通謂之錦繡谷蓋春時山花開盛望之如錦繡云山路峻甚每三四里輒爲亭以憩凡五亭第一亭跨澗頗雄偉行至半山有處州道人草菴在錦繡峯下指其旁以爲竹林隱寺遊人或聞鐘鼓聲按山

記云香象岡北名阿那衡內有寺暮時聞鐘梵而寺隱不見其旁半里有羅漢巖亦阿那寺之類而近世誤謂之竹林耳由道人菴而上路愈歧每數十步即回視江湖無遁形者過第四亭有大石凌虛而出可坐數十人百千里略無障蔽平視一峯上有巧石亭午至天池禪院雖鑿二沼其涸可待所謂天池今不可到號曰龍潭在鐵船峯下亦有黑龍潭祈雨則至焉長老不在同首座道徹登文殊亭下視鐵船峯望石門澗自山委蛇而出直達於江然則尊勝菴之石門非水源矣院有崇甯閣西天僧金總持像及貝多葉梵書數十辟支佛牙觀畢同道徹謁隆禪師塔其旁即定心石也道徹指其前一峯爲十八賢臺未知是否新羅漢草深路迷不能至歸日方斜復度嶺行二里許至主薄塔（注當即今御碑亭地）洞視空闊又非第四亭而上可比東西二林歷歷在眼而江州屋壁已可辨有九十九峯（注此爲株嶺）櫛比磬折如城堞然王韶觀文葬其下此登眺最佳處也稍前至佛手巖雪花滿樹菴門尚閉乃知昨日大雪今日驟霽望南山雪氣猶未散賦小

詩云十月頑陰不見山山中一夜雪封菴伊予的有尋仙分日照北山雲在南聞每歲自九月便有雪至三四月乃稍暖巖石空洞不止容百人下有泉水道徹云巖上立峯如指故號佛手近爲野火焚裂矣緣巖後細路數百步東望一峯即舊峯頂院今廢或云其間方是錦繡谷達於平田又下視磐石相傳遠公講經臺也自佛手巖一二里渡小溪乃至大林寺遭野火僅有基址其額爲敎練者徙寘墳菴併令一僧據其田人無知者予按白樂天詩心實慕之物色乃能至其旁小徑即下山南棲賢路也地在山頂而反平衍謝靈運詩云冬夏共霜雪其高可知予作弔大林詩云上盡諸峯地轉平天低雲近日多陰古來南北通雙徑此去東西啓二林虞世南碑從泯沒（注虞碑通志略金石不載陳舜俞廬山記亦載此碑益公令舉非妄言者想久泯沒耳）白居易序合推尋匡廬第一金仙境忍使如今遂陸沉黃昏歸至天池禮文殊求燈閃爍合離或在江南或在近嶺高者天半低者掠地又賦小詩云代馬腥膻暗五臺南方世界且裴回傳燈便是眞知識不用奔波學善才是日雲散

日出寒燠適中甚愜素志山中薯蕷花全類蝴蝶又有萬年松羅漢線菩薩石戊午早同道徹望羅漢巖即下山山上微雪山半乃爲雨矣出石門澗由官路稍前即岳家市自此可上化城不惟足力有限又山記止言石磐之美而樓閣已非昔遙睇而去回視文殊臺渺在峯頂主簿塔僅如枯木佛手巖屋彷彿可辨始嘆昨日登陟之不易也午時至林口寺過香谷慧永禪師塔入西林寺即慧永道場也流水瀧瀧循堦除賞玩不能去寺不經火但不葺耳牛僧孺書寺額佛像獨被冠纓訪水閣院已廢但存浮圖七級次至東林晉慧遠法師道場法師雁門人於是寺前方興雁門市虎溪在寺門之外山記云淸溪有亭牛僧孺太和四年書神運之殿南唐元宗題神運木流泉匝寺下入虎溪殿後白蓮池晉輦經藏院白公草堂雙玉澗明皇銅像唐壁畫等上方舍利塔顏魯公題名上方之外虎跑泉五杉閣甘露戒壇其西石磴三百級滴翠亭殷仲堪聽明泉佛影臺晉朝三杉是寺最爲古刹而兵火後歸然獨存入門樓閣華煥宛如仙宫長老

本然自號混融師宦族也共飯畢同訪遠公塔次至照覺佛海二塔歸登五百羅漢閣望諸峯閣下即內三門也出東林二里至廣福院本大明公廟靖國元年封清公眞人記云眞人姓匡名續字君孝出自殷周之際居此山或云受道於仙人共遊此山人謂其所止爲神仙之廬因以名山或云匡裕漢人漢初封越廬君故曰廬山次至太平興國宮街衢門闕氣象清華劉越石高三四尺根植地中在宮門之外仙鄉亭廢矣宮倚聖治峯正殿惟設採訪使者像其後乃太上本命殿兩廊繪使者變相儀衛次以五百靈官又其後有雲無心堂臨流水可愛道士皆宮居有劉烈者號虛谷先生嘗進易解云知宮留宿不果登新創鐘樓而行（注鐘樓即今訛傳之婆媳塔也）樓名景陽華麗殊甚日落至清虛道人皇甫坦菴飯罷館焉坦被遇太上結菴撥雲峯下自言兗州瑕丘人久在川陝嘗遇朱桃椎善布氣時時書字决人禍福或云年七十二山中道士言其顏貌已不逮二十年前矣近損足未能步而茅山張椿齡亦被遇太上今年亦得此疾異哉菴側有泉太上題曰神泉又爲閣以藏御書及像設已未早皇甫道人再具飯飯訖行數百步至雲溪菴自此若出官道則過妙智院及蛇岡予欲趨太乙宮或謂小路差近乃過擊牛墩皆茅峽峻嶺亦六七里方至即董奉上昇之地大概二十一日已記之其事出葛洪神仙傳觀在蓮花峯下不經兵火有昇元六年韓王知證記是時猶謂之廟保大十二年記則爲觀矣宣和二年封奉爲昇元眞人觀中猶種杏前殿一株甚大其後又有種杏軒春時不妨宴遊也先道士蕭惟憶年七十餘未嘗出門視其貌蓋有所養者自觀五里至禪智院以其爲舊屋故遊焉記言院後有綠野亭忘記詢問進至雙溪寶嚴禪院再飯同長老世顯步過雲慶菴記言因流泉爲池多蓄魴鯉今僅存坳窪耳假世顯之驢令菴僧致康前導過寶積菴殊不葺治但有程公闢師孟詩刻訪白雲亭已爲王秀才治冢其上披荆棘尋所謂磐石鳴泉久之訪見泉石誠佳而又北望湓江宜陳舜俞以爲山北最佳之菴此去江州纔二十餘里山北之境盡矣跨驢五里上吳章嶺亂石罄

牙頰亦險峻嶺脊分江東西兩路界過界便見五老峯是爲山南嶺下有
小路至智林淨慧院昭德觀會日斜僕疲乃由官路過大富莊至相辭橋
已昏黑秉燭行至尋眞鋪風大作入小路二三里敲觀門道士疑爲盜久
之方出眞誥言廬山乃元辰福地而此觀爲第八詠眞洞天五老峯正在
其後而倚香爐峯庚申登採訪使者閣望五老峯記言漢武築羽章館於
屛風疊下臨相思澗今五老峯疊石如屛障蓋其故址自閣而望相去若
在百步間廬阜之甲觀也爲題其牓曰雲錦閣李太白屛風九疊雲錦張
之句云五老第二峯卽獅子峯與九疊屛相連山無草木曉日照之殆如
赤城自廊廡望之則奇姿巧勢尤不可狀龍潭在觀後一里水作琉璃色
其中數尺正黑知觀湯善翺云深數十丈蓋洞天之門云潭上有龍王祠
疑卽記中所謂綠淨亭也已初借善翺小驢令四明徐道人前導過永福
院舊名雲龍煨燼之餘方稍營葺次至疊石菴蓋近世僧德正所創門外
大石長數丈復疊一石前眺江湖宛如池菴背卽五老峯乃几案間物陳

舜俞所未見蓋後來菴宇之絕景也次度華嚴石橋華嚴院今廢次至折
桂院今名證寂折桂因唐李逢吉得名記言山名幡竿源而土人不知登
南唐惠濟禪師石塔有巢雲軒而記不載不經兵火氣象便可愛前有僧
房可望湖而不見山次至解空院其旁聖果院已廢次至谷源菴地形甚
高面對重湖記言疊石奇偉豈謂正德之菴耶後有幽泉但屋弊無足觀
者自此爲折桂小僮指路迂枉忽下峻嶺木葉被霜滑汰幾不能移步至
雲臺菴乃得平地菴後石崖如記中所載次至靜妙院記云古名青牛谷
卽楊衡所謂隨雲步入者儼然如造仙境門外數十步回望五老及他山
如圖畫凡此寺觀菴宇大抵環繞五老峯每至一處山色峯數輒不同造
物之無盡藏也獅子尤肖今日但少雲氣飾之次至承天白鶴觀唐混成
先生劉玄和故居舊屋偶存獨無廊廡唐杉圍二丈在門內問東北木瓜
菴道士不知觀前百餘步出官路過三峽橋遺從者先入棲賢獨與徐道
人攜二僕復由小路爲臥龍之遊初過中興菴次寶慶菴近各有一道人

主之西澗卽劉凝之菴無知者既過澗徐道人迷路度峻嶺踰棧閣遇炭窰方知路窮得一夫引至上偃臺卽祖教院無僧行自此又盤一嶺至臥龍新菴有江州蔡道人主之復行半里過舊菴基沿澗乃至其處蒼崖之下怒瀑淙擊高十餘丈與九華山雪潭爭爲長雄凡陳舜俞所記一無誇詞今日不憚崎嶇險阻凡以爲此未至而悔既至則樂以忘勞焉舊菴隔溪巖石層出粲如百疊之雲中有流泉注於澗亦佳處也望五老峯甚近香積院在其下業留從者於棲賢遂問歸路數里至幽邃菴今爲尼居主者覺殊鄆人壁間舊刻馮京詩蓋嘗讀書於此菴前度溪至上塔記所謂拭眼禪師石像如生者舊屋甚整潔大竹成林酌飛錫泉登環翠閣望五老峯背自此下山數里卽至棲賢徽老不在藏主可昇眉山人與予同庚爲占四韻云我比同年百不能只餘霜鬢愧師兄殷勤覓句無言說共撥寒灰聽水聲寺比今春稍葺但殘僧四五輩不稱大刹飯罷同昇上人過五老玉淵二亭山水不辜老眼而足疲矣遣人至軍城招妻孥來早會此

辛酉拂曉自寺後渡澗行里許過百藥灘石岸坡陀道人於此曬藥陟山嶺度茅堈約四五里並五老峯至明眞尼院冰霜滿履扣門久之方開蓋舊屋也同尼師登凌霄巖巖在地奇石如巖古有僧坐禪其間繞洞別過石門謂之喝石其前一石甚大卽記中所謂對五老如賓客者傍有石屛亦可愛出門數十步望宮亭湖横出而揚瀾左蠡左右相對落星僅如葉舟惟軍城爲紫荆山所蔽耳回過百藥灘分路行三四里入楞伽院亦古屋也正倚朱砂峯舊號白石佛殿創於保大中釋伽像與西林同李公擇尚書藏書閣在東偏元豐以後留題皆存有趙天啓者歷敍公擇作中丞救蔡確故改戶書云云西廡有東坡作山房碑又刻南唐佛像野夫公擇及黃魯直皆有題字崇德君墨竹高下枝在鐘閣蓋公擇妹魯直姨母也

注黃黎洲游記謂益公後錄載崇德君爲魯直母爲誤今按此錄爲魯直姨母是益公不誤黎洲想據抄本所誤耳

寺門外卽上天池大林路至爲險峻老僧惠寶生於元豐八年云自此別有捷徑約一二里過澗入棲賢禪院院在石人峯側又里許遂至棲賢骨肉方來同觀玉

淵先是澗水犇衝遇大石上侈下斂懸瀑潨射極其雄壯濤頭濆湧散爲玻璃色記曰沙石萬數古今不塞誠下通於海矣相對有寒泉亭泉自山出按記文訪羅漢巖寶陀巖於僧堂之後（注此兩巖在含鄱口不在僧堂後記文之誤並誤益公矣）皆無知者山上竹樹間多巖石其下有觀音泉疑自寶陀巖而出稍加剃治必得之其南有小徑疑白雲菴路也飯罷遺徐道人乘驢歸詠眞同骨肉再過三峽橋徘徊久之始知過橋之泉爲陸子泉其旁有沈錫夫大書廬山二字行小路望五老峯了然便道入高遙景德院亦舊屋有元豐間無爲子題字老僧年八十云李徵君書堂僅一里今廢但刻其銜於石洗滌乃可見進至萬杉院上滴翠亭又二里入開先登漱玉亭度橋俯澗澗中石含雲母如記所載天寒甚太守適致餽徧飲從者而行澗外招隱橋近爲寺僧徙數十步而招隱泉無人知者物色久之得於距二百步外叢篠之後石井依然三酌而歸（注今橋斷泉亦湮矣）路口有披雲亭稍前卽古楊梅亭基又稍前當四達之衝卽古四會亭而俗子改屛翠矣回望山色奇甚倒載而觀之紫霄峯劍立衆峯之間鐵塔僅如一線將至軍城二里有承天院臨溪湖僧嘗被盜殺三人今遂不振入西門日已暮昔白樂天記匡廬奇秀甲天下誠非虛語陳氏山記北起江州盡圓通乃轉山南起康王觀迄吳章嶺其序如此余今自南而北與之相反故問津多誤然記中指名奇特處十得六七其餘當路者遊迂曲者略異時再以旬日窮探極覽可使無遺蘊矣初南唐元宗賜田給諸菴巖故所至有產業（注今棲賢萬杉歸宗一帶橫亘數十里皆寺田但稅重租薄差足供香積耳）中經李成焚蕩十存二三又稅重租薄僧道往往逃移寺觀日以摧毁近雖稍修復而廢缺爲多惟舊屋則氣象終可愛舟中賦四韻云南北周廬阜東西徧九華宴安無酖毒痼疾有煙霞淡薄村村酒甘香院院茶驅馳君莫厭此出勝居家壬戌五更雪打蓬平明出別郡官望廬山已橫白練欲解去南風作章德象遊落星詩云來遊未盡登臨興且喜南風阻去船殆爲予設飯罷遂攜家棹小船往焉寺去軍城僅五里水乾則路通今歲尙深數尺按圖經石高五丈周回百五十步九江記

云潯陽湖内隕星化石上連彭蠡下接潯陽其石圓潔不生草木峭然孤峙獨出水際寺興於唐景福年天祐二年賜額福星龍安院本朝祥符二年例改法安南唐戊辰宣義郎湯淨撰記云保大中寺僧修葺元宗嘗臨幸僧齊己范文正公章郇公王介甫平甫程公闢蔣穎叔黃魯直父子郭公甫洪駒父皆嘗留詩文龍圖閣學士吳仲庶猶酷愛西軒更名曰嵐漪魯直詩云龍閣老人來賦詩謂仲庶也山色滿眼湖光千里眞世間之絶景又嘗有玉京軒今皆廢但存青暉閣（注今落星石巋然猶存寺廟久圮勝蹟題壁等不可尋矣）西對廬阜如青天翠屏初至白雲英英起山腰少焉散漫俄復退斂已而山坡絮帽變態不常舉酒賞之不覺徑醉午後移坐佛屋之前東南觀巨浸右爲揚瀾左爲左蠡其中兩山如門是爲鄱陽湖由寺門而望則東北直宮亭湖西南軒窗對流清山其脅亦有湖汊西北乃軍城也再舉酒而歸晚自舟中望山色不勝眷眷再以小艇入西草湖過東古山下觀釣魚臺鴻雁鷗鷺徧野見人驚飛轉而之清流港上流清菴菴在鳳凰山古殿殘毁慨想承平之遺趾回棹已曛黑過落星聞鐘聲往復殆二十里癸亥早發南康北風微作已而轉南過左蠡揚瀾泊珠溪而北風復作去軍城已八十里有巡檢司及小市登岸北望廬山甲子南風作晡時方行四十里至吳城山謁廟畢登望湖亭猶見廬山也殿左有穴如井異時湖中或損米舟則見於穴中謂之神倉云

王廷珪遊廬山記

江出蜀東會於潯陽雲濤雪浪相撞激而下是爲九江九江之上有巨山崛起名甲天下自外望之巍然高大與他山未有以異也環視其中磅礴鬱積岩壁怪偉琳宮佛屋鈞錦秀絶愈入愈奇而不可窮乃實有以甲天下也余往偕計吏數取道山趾望其巔欲躋焉探天池觀造化擘出怪譎及其至也不遇霜飈雨雹炎熇赤日則陰霾宿祲滃然出於洞穴之中欲冲射人與夫虺蜴蛇虎之羣磨牙澤吻而垂涎鳥道苔境之所巔墜頹崖斷石之所覆壓有足以褫魄而奪氣凡遇是數者不可人意雖好遊者不

果力躋而寄目以償所願焉政和七年十月七日道遇武陽聶名世自圓通同宿東林觀虎溪蓮池明日登羅漢閣上白公草堂至上方五杉閣憑高望九十六峯隱見天末不可名狀而香爐一峯尤勝絕草堂正坐其下宜昔時隱者之所喜盤旋於此也過西林履地五里許至資聖菴資聖而上漸峻拔非數十步輒一休不可疾至歷三茅亭乃至錦繡谷聞春時異葩怪卉層出雜見相錯如錦繡然自錦繡谷不半里至天池妙吉祥寺去平地二十里矣是夜禮文殊於瑞光亭拜未起而燈光燦發於欄楯之外大小幾百餘燈明滅合散不常僧指示曰此聖燈也余不能致詰竊意名山蘊靈必有神物欲示其異以驚衆而然耶抑草木竹石之自有光怪而爲此耶或謂唐會昌中二僧藏金像於錦繡谷恐其祥光騰溢而出此說幾近歟寺有貯雲菴又在絕危巒頂峭發壁立數百千仞吐雲氣而薄星辰者皆出乎衽席之近明日由北彰下三里至佛手岩岩中清涼瑩澈可丈餘水濺濺鳴其中有石龍首浮於泉上詭壯若欲奔動視之毛髮爲竦

岩西半里登相光亭觀擲筆峯坐禪臺竹林遺址山中人傳數有僧見竹林寶刹於此轉盼失之故今號竹林化寺復從岩東北去三里許至寶樹卽宋大林寺白樂天嘗序此地實匡廬間第一境人跡罕至古今識遊者鑱刻未泯也寺三里道旁有飲牛池池一里至峯頂寺視香爐峯反在其下東有文殊四望二臺老松一株極醜怪偃於四望臺之上若張蓋然坐其下以觀浮圖之屋穹堂奧殿負崖架空矗在天半紺碧照耀環山而四出九江波濤雪色砰擺振撼合而東去者皆在乎履舄之下彷徉注視目不得瞬千萬狀之變態亦不可得而窮也於是下峯頂十里至普照寺而寶興石盆護國三菴居峯頂普照之間又下至廣嚴寺遊連枝亭復投宿東林觀壁間記遊者甚衆不過徑上天池佛手岩而止吾二人自謂幾覽偏山北好處因回視江南地雄富內坦夷千里氣狀清淑而茲山巉突於江濱若造物者喜設宏壯屏扞於此土使江南清淑之氣蜿蟺儲育至是礙而不得西嘗產而爲幽蘭瑞香芝英竹箭之美與夫三脊之茅千壽之

名材希世異物爲瑞太平之時未能獨當奇也尙有魁豪不世出之士埋光鏟采於其間而求之復無有豈明天子在上皆已出而仕者也彼陶令與十八賢者一溺於此遂終身不出蓋當時挈治世具不得設張卽思自放於山谷之問而進退卒不汚後世不敢少訾焉白樂天貶潯陽慕淵明之爲人樂之不去是皆人與山相得於一時者厥後當宗閔權勢震赫時終不附離爲進取計氣節自高豈無待而然耶余與名世冒風埃走數十里忘其悲憂感慨羇旅戚戚不已之懷而驟得天地怪奇偉麗之觀則玆遊所得時人亦叵測云

陸游遊廬山東林記

余初遊廬山小憩新橋市蓋吳蜀大路並溪喬木皆二三百年物蓋山之麓也自江州至太平興國宮三十里此適當其半是日車馬馳驟往宮中焚香自月朔連七日乃已謂之白蓮會蓮社本遠法師遺跡東林寺亦自作會然不若太平之盛晚至淸虛菴菴在撥雲峯下登紹興煥文閣實藏

光堯御書又有神泉淸虛堂皆宸翰題榜宿淸虛西室八日早由山路至太平興國宮正殿爲九天采訪使像像袞冕如帝者舒州灊山靈仙觀祀九天司命眞君而采訪使者爲之佐故南唐名靈仙曰丹霞府太平曰通元府崇奉有自來矣至太宗時遣中使送泥金絳羅雲鶴帔時又加封應元保運眞君賜塗金殿額兩壁圖十眞人本吳生筆建炎中盜以廬山爲巢宮室焚毀蕩然無餘憩於雲無心堂蓋冷翠亭故址也溪聲如大風雨至使人毛骨寒慄一宮之最勝處也采訪殿前有鐘樓高十許丈（注卽今訛傳之婆媳塔）三層累磚所成不用一木而欄楯翬飛雖木工之良者不逮也但鐘爲磚所揜蔽聲不甚揚亦是一病觀主云此一樓爲費三萬緡鐘重二萬四千餘斤又有經藏亦佳扁曰雲章瓊室太平規模大槪數南昌之玉隆而玉隆不經焚尙有古趣爲勝也遂至東林太平興隆寺寺正對香爐峯峯分一支東行自北而西環合四抱有如城郭東林在其中相地者謂之倒挂龍格寺門外虎溪本小澗比年甃以磚但若一溝無復古趣余勸其

主僧法才去磚使少近自然不知能用吾言否食已煑觀音泉啜茶登華嚴羅漢閣閣與廬舍閣鐘樓鼎峙皆極天下之壯麗雖浙閩名藍所不能逮遂至上方五杉閣舍利塔白公草堂上方者自寺後支徑穿松陰躡石磴而上亦不甚高五杉閣前舊有老杉五本傳以爲晉時物白傳所謂大十尺圍者今又數百年其老可知矣近歲主僧了然輒伐去殊可惜也塔中作如來示寂像本宋佛馱跋陀尊者自西域持舍利五粒來葬於此草堂以白公記考之略是故處其他如瀑水蓮池亦皆在高風逸韻尚可想見白公常以文集留草堂後眞宗嘗令崇文院寫校包以斑竹帙送寺草堂之旁有王子醇樞密菴基蓋王實創東林禪院院內照覺禪師常總實第一祖宿東林九日至晉慧遠法師祠堂及神運殿堂中有耶舍尊者劉遺民等一十八人像謂之十八賢遠公側有辟蛇童子侍立傳云東林故多蛇此童子盡投之蘄州神運殿本龍潭一夕鬼神塞之且運良材以作此殿不知實否然神運殿三字唐相裴休書則此說亦久矣壁間有張文

潛題詩寺極大連日遊歷猶不能徧唐碑亦甚多惟顏魯公題名最爲時所傳（注今唐碑存者有柳公權殘碑李北海碑係翻刻者顏魯公題名久佚矣）又有聰明泉在方丈西卓錫泉在遠公祠後皆久廢不汲不可食爲之太息食已遊西林乾明寺西林在東林西二林之間有小市曰雁門市傳者以爲遠公雁門人老而懷故鄉遂髣髴雁門邑里作此市漢新豐之比也西林本晉江州刺史陶範捨地紹興間方爲禪居褊小非東林比然流泉泠泠環遶亭除殊有野趣正殿釋迦像著寶冠他處未見僧云唐塑也殿側有慧永法師祠堂永公蓋遠公之兄像下一虎偃伏方丈後有磚塔不甚高制度古樸予登三級而止東西林寺舊額皆牛奇章八分書筆力極渾厚西林亦有顏魯公題名書家以爲二林題名顏書之冠冕也舊聞廬山天池磚塔初成有僧施經二匣未幾塔震一角經亦失所在是日因登望以問僧僧云誠然或謂經乃刺血書故致此異又云今年天池火尺椽不遺蓋旁野火所及也晚復取道太平宮還江州小憩於新亭距州二十五里過董眞人煉丹井汲飲味

亦佳眞人者奉也

注陸務觀所述東林各勝蹟什九無存但今存之唐造像施食臺與唐刻經幢務觀未之及豈當時未見抑此二物是否唐代遺蹟尚待考證耶

元代

李洞廬山遊記

延祐己卯二月九日遇雍門文萬子方於潯陽遂同遊匡廬比出郭日已銜山明霞森射勃菀天際行未十里道旁水聲悲鳴惝怳人意騎稍相後先輒失言緒崇崗列岫漸旋辟馳向以就來者抵暮經一小山迴溪生雲疊巘蒙翳路轉欲冥半崖有大樹高十餘丈白花紛敷照映溪谷口叢薄間茆屋一區寂無人聲約更初至聖治太平宮宿聽雨軒鄰房亦有客方寢乃前巴陵守易平樊炳子明固將窮探極討咸又喜以爲得侶明日過匡山精舍臨磬湖披奧草求玉蟾丹井入飛雲洞訪隱者桂心淵不遇遂肩輿過東林寺方行林隙中白雲徐舒青峯遞明心忽不定久之因憩三笑亭由三笑虎溪蓮社蘇白堂遂升上方望遠公講經臺慨然前人高風東林後單山崛起與匡阜對峙若大屏居其上謝靈運翻經臺也明日出西林登天池山望絕頂路險甚捫歷窮澗矯首千巖瞰逼微風下視林

鋻橫潰凝立待定四顧生怯青蘿葳蕤咫尺無路幽鳥飛鳴山應逾遠有石突出霄漢間其略若巨艦乘瞿塘縣流急開峽口問之鐵船峯云如是緣石磴以上餘二十里至天池坐文殊閣下視萬彙杪甚毫髮江流匯潨杯帶泓明羣山起伏掩抑微浪挹漢王峯徙倚白雲亭注白雲亭據黃黎洲游記考證謂在赤脚塔山近是觀宋將岳飛詩謂其當朝廷多事猶能抵隙而爲是遊得支徑上大林僧曇詵始居樂天濂溪所嘗游出緣絕壁下入佛手巖廣不能數楹下礙無地曠覽悠邈視天池雄麗過之側出微徑逾進而逾邃崖間鐫大隸書曰竹林寺注或以竹林寺崖刻三字爲周顛書李洞爲元人可證其誤矣苔蘚綴結隱顯翠壁前控飛崖如几筵袤丈餘三面皆斗絕從旁一松偃蓋下覆方臥厓上月在松杉其下卽綿繡谷謂春時谷中花開猶錦繡也每風雨聞鐘磬梵唄寺蓋隱其中是晚下宿福海寺明日到圓通飲三蘇堂又明日導者失路遂踰匡王觀注李洞爲元人故康王觀作匡王觀至宋人游記則作康王觀避宋太祖諱也足證近人以匡廬作康廬之非是谷簾泉淵明栗里抵靈湯寺由是蓋轉而之山南矣乃從報國寺杏壇間遙望白

雲紫霄諸峯森猶紫筍矗其巔耶舍塔冠簪玉如慙歸宗寺觀晉王右軍墨池鵝池酌鸞溪一滴泉下夜宿陸修靜簡寂觀所當軒白雲川中月下登石壇瞻禮斗徜徉雙瀑間次早書所當軒白雲川二扁而去至開先寺其東馬尾泉其西飛玉泉注據此則黃巖瀑布在元時亦名飛玉泉也萬竹亭漱玉亭青玉峽峻宇天闢兩崖嵐翠欲滴其地如大甕泓渟爲潭其上有巨石水從中來觸石分二道以出狀若白龍飛墜潭中盤旋數匝循石阪下其巔委勢遠益緩始逡巡斂怒趨去登雲錦閣西軒望瀑布其旁香爐雙劍二峯尤秀麗特甚相傳上有三石梁横絶青冥窅不見底苔滑不可度度輒得遇異人瀑行青壁間如長虹委蛇下沉邃淵須臾大風暴起泉不得行從旁掣曳欲斷還續忽飛旋重輪直入空際迴風一散萬象冥蒙或文綃霞綬陟降天際偶隨飈輪奄爾而逝瞬息萬狀殆不可窮急雨繼之四山霧晦銀竹森竪形神開悟自以玆遊冠絶平生即相與命酒頽然就醉以卧明日越羅漢嶺東行五老峯下五老頡頏隆肩欲欬以漱者蒼然負幃薄以立覬其或與我語笑顧久之度松關入棲賢以三峽陸羽泉玉淵潭之奇因遂留宿焉次早見硃砂峯於雲屏閣下有白石菴李公擇藏書處僧謂棲賢唐李渤讀書處其前有洗馬澗踰澗由白鶴觀後山以往抵白鹿洞亦李渤讀書處今爲朱晦翁書院其梁於澗曰貫道橋其澗之隈曰勘書臺又曰風泉雲壑曰聖澤之泉致祀殿庭下拜先生遺像於祠顧瞻磅礴思古之人得以遂其所志於玆山泉湍其塵昏息其道氣終以大有爲於天下者未必不少有助云隨至尋眞觀女道士蔡尋眞於此仙去祠故在焉乃攜衾裯躋山巔觀所謂三疊泉方二三里抵新泉壑已無路稍進皆鳥道嶄側訖不能前上摩蒼冥下俯幽壑仰見一峯戴巨磐石直立雲表攀緣側足如是歷九疊雲屏而泉出其後山窮絶處也樵豎見止謂遊者往往觸風雨雲霧類不得見而返及至天宇澄霽向之磐石如出井底四圍巒嶂欲合泉若瓊簾從空懸布爲三疊而下透映蒼寒飛淙濺霧灑面蒙密蓬然以醒謂天地竆而萬物亦竆也或云方冬冰堅泉脈向微其行觸

坎疊必轂轉久之始下狀若素絲千仞洞貫三大雪毬於空中微陽抱景煥爛輝發蓋谷簾泉瀑布三峽橋青玉峽爲山南北之冠而雲屏三疊又爲青玉峽瀑布谷簾之冠也山至遂境至清勢不得留月中捫蘿下宿於尋眞觀明日經李騰空昭德觀吴章山寶巖寺去祀周濂溪墓而歸是夕大風雨李洞溉之記

明代

王禕自建昌州還經行廬山下記

八月余自京還九月以事行郡境二日從左蠡揚瀾至都昌縣四日由都昌出彭蠡過飄搖沙宿蘆潭五日至建昌州七日回至蘆潭北風作舟逆風不可行八日復至建昌九日舍舟取陸而還是日宿德安縣十日發德安西北行三十里至廬山下訪湯泉在路南距山趾不半里甃石爲池者五南一池極熱手不可探北四池水稍温人往往入其中浴然皆作硫黄臭余舊聞凡湯泉下必有硫黄惟驪山下者乃是礜也礜毒石本草云性熱入水水不冰蠶食而肥鼠食而死也又數里過醉石觀陶靖節故居其地栗里也地屬星子縣而星子在晉爲彭澤縣觀已廢惟有大石亙澗中石上隱然有人臥形相傳靖節醉即臥此石上也按史靖節爲彭澤令督郵行縣吏白當束帶見之靖節不肯折腰小兒遂解官賦歸去來辭而歸義熙二年也是歲劉裕實殺劉仲文將移晉祚陶氏世爲晉臣義不事二

姓故託爲之辭以去若將以微罪行耳梁昭明謂恥復屈身異代要爲得其心夫豈以一督郵爲此悻悻乎靖節既歸益放情於酒人知其樂於酒而固莫窺其所以然也或云觀南諸山即其詩所謂悠然見南山者也注據胡思敬編鹽乘淵明少居新昌縣東二十里鄉人於其所居南山立祠新昌縣即今宜豐縣故所謂南山非栗里以南諸山之謂也其旁居民多陶姓云是靖節後又數里爲簡寂觀觀亦不存簡寂者陸修靜謚慧遠法師之結白蓮社也同社者十八人陶靖節陸修靜皆與焉注此語誤遠公居東林在廬山北靖節修靜嘗訪之東林之近有虎溪遠誓不過溪或過溪虎輒鳴及送二人不覺過虎溪皆大笑世故相傳爲三笑圖或曰慧遠卒於晉義熙十二年丙辰年八十三修靜殁於宋元徽五年丙辰年七十二丙辰相去六十載推而上之修靜生義熙四年丁未慧遠亡時修靜纔十歲爾至宋元嘉末修靜始來廬山時遠公亡且三十餘年靖節死亦二十餘年矣安得所謂三笑乎或曰晉蓋有兩修靜也自蘇長公作三笑圖贊而黄太史注黄太史指黄庭堅以此三人實之蒲傳正劉巨濟晁無咎之流皆有

所述陳舜俞廬山記其說亦與太史同此其是非固未決者也又循山下西北行未至郡治二十里爲歸宗寺在金輪峯下山勢方凝然忽石峯從山腰拔起如卓筆高與山齊峯頂有舍利塔俗呼爲耶舍塔釋氏書云佛滅度後所遺舍利八萬四千散在人世龍宮皆貯以金瓶寶篋建塔藏焉東晉時耶舍尊者自西域奉舍利來八萬四千之一也於此建塔塔高若干尺范鐵爲之外包以石峯峭峻鐵石重人力不可施皆運神通力致之俗故呼爲耶舍塔耶舍亦與遠公社按耶舍據高增傳考之未嘗至廬山焉有與蓮社事舉如意相示爲佛駄事蹟亦非耶舍也嘗舉如意無言以示遠遠不悟即拂衣去是時禪學未入中國而兆則已此見矣耶舍之去遷上紫霄峯紫霄又在金輪東也寺相傳爲右軍故宅有池水色黑曰墨池羲之之所洗墨也羲之嘗慕張芝臨池學書池水盡黑此爲其故蹟豈信然耶注據時代考證王羲之無捨宅事墨池之說更屬傳訛矣今臨川郡城東有墨池南豐曾氏爲記蓋深疑之或謂方羲之之不可強以仕而嘗極東方出滄海以娛意於山水間豈其徜徉肆恣而又嘗自休於此耶

余謂以彼之可疑則此之不足信非耶宋元豐間眞淨文禪師住歸宗時濂溪周先生自南康歸老九江黃太史以書勸先生與之游甚力以故先生數數至歸宗因結青松社若以踵白蓮社者又名寺左之溪曰鸞溪以擬虎溪其事爲釋氏所傳世皆謂先生實傳聖賢千載不傳之統豈其有取於佛氏之徒而願從之游甚者又謂濂溪之學受於壽巖佛者此又甚誣吾先哲者也注黃黎洲游記云濂溪先生卒于熙甯六年六月七日後五年始改元豐則眞淨之住歸宗先生觀化已久其事之有無又何待辨而子充乃謂形迹未嘗爲累亦未深考也余以爲不然大賢君子于其道既有得矣其于形迹未嘗以爲累也況先生之高致如光風霽月初無凝滯固執奚必深辯之耶及淳熙中應菴華禪師繼主歸宗朱夫子時爲郡亦嘗與之游華公蓋臨濟正傳於大慧爲適孫歸宗雖非巨剎以屢爲名僧所居號天下歸宗今寺亦廢故基爲樹所蒙蔽不可入余徘徊鸞溪上甚久日已暮遂復行數里宿開先寺明日乃還

開先寺觀瀑布記

廬山南北瀑布以十數獨開先寺最勝開先瀑布有二其一曰馬尾泉其一在馬尾泉東出自雙劍香爐兩峯間爲尤勝或曰瀑水之源昔人未有窮之者或曰水出山絕頂衝激入深澗西入康王谷爲水簾東出香爐峯則爲瀑布也十二月十八日日南至余約郡守呂侯肩輿十數里至開先主僧志一作丈室未成邀坐茅屋中乃訪漱玉亭却至龍潭石峽口由寺至亭可二百步由亭至峽口僅數十步蓋自遠觀之瀑布出自兩岸間如瀉天半由近而觀則二瀑下注匯爲重潭潭水出石峽乃爲溪循山足東流以入於彭蠡當峽口仰望但見從潭中出巖谷回互二瀑所從來不可復見矣峽石上刻青玉峽及第一山字大二尺米芾書也石間多題名石泐字畫淺初不可悉辨命左右掬水沃之字乃見大率宋南渡後人其人無聞者居多可識者纔十二三因慨君子惟植節砥行乃可不朽苟不出此雖託名崖石未久人不之識矣又從石壁間讀淳熙中郡守禱雨神龍示現事一公爲余言歲春夏交大雨後瀑水盛潭遽溢盡滌去積葉墜梗

謂之龍洗潭或歲旱禱雨者於潭中輒應回坐亭阯上亭廢已久亭下池亦爲石所堙初寺僧作石霤引潭水至寺給庖湢又鑿石作此池即蘇長公賦詩處也徑八九尺霤水從潭上來流入池乃從池中復入霤以去而石霤亦半廢明年三月二十六日雨初霽郡中無事復約諸公遊焉比抵寺諸公皆先詣一公余獨徑往潭下坐石上瀑水方怒瀉奔騰蕩激聲震如萬雷令人心怖神悸股戰慄不休頃焉諸君至見余獨坐又顏色變皆拍手呼大笑然水聲澒洞呼笑聲亦不聞也寺僧云龍適洗潭矣於是一公丈室已完又作竹筧接石霤引水過階除下清駛極可愛余命取水煑新茗一公謂近從後崖下得泉一窪以煑茗味比瀑水乃倍佳試之果然暮乃回六月十日余被召將赴京念人世行止不可必萬一有他累則淸遊不復得因與郡人段謙曹元同泛過落星湖約得路之半舍舟以行一公與光應知余來遠出迎乃與二僧攜手行至招隱橋坐橋上橋在寺前五十步潭水爲溪所經也其西東松杉楓杞蒼翠色掩映從樹底望鶴鳴

諸峯高出樹杪僅尺許隱然如畫圖中見又從樹隙見巖腰采薪人衣白大如栗初疑此白石耳有頃漸移動乃知是人也橋下流水觸石淲淲鳴塵慮蕩盡久之不能去乃造一公所出楞伽經示使予讀讀盡卷頗悟微旨一二應公者戒行清峻略涉書史年且老不欲他走一公邀留與同處郡中亂後無讀書人可與語余因數與往來一公請予詣潭下是時久不雨瀑布流且絕余指覓中水謂曰此水一耳何必復往也是夕宿寺中夜半雨大作比曉余未起應扣門告曰瀑布流如故矣余欣然攬衣起倚闌睇視良久日初出紅光徑照香爐諸峯上諸峯紫靄猶未斂光景恍惚可玩不可言也應因誦李太白觀瀑詩又誦笑隱題太白觀瀑圖詩余笑曰安知今日無太白耶胡可謂古今人不相及也比午乃還一公間爲余言開先者舊傳梁昭明太子之所棲隱南唐元宗潛邸亦嘗讀書於此招隱橋其所造也後歸踐尊位乃即造寺故以開先名有了山和尚者實開山宋以來住山者皆名德寺前有松每株大數十圍佛印元禪師手所植近時南楚越公乃盡伐以建寺見者惜之而寺今亦爲刼灰矣豈非數乎

遊棲賢寺觀三峽橋記

五老峯於廬山爲南面即郡治北望峯如屛障蔽其後違郡治北行二十里轉五老東入巖谷中棲賢寺在焉余舊讀蘇次公棲賢寺僧堂記棲賢谷中多大石岌嶪相倚水行石間其聲如雷霆如千乘車行者震掉不能自持雖三峽之險不過此也故其橋曰三峽度橋而東依山循水水平如白練橫觸巨石匯爲大車輪流轉洶湧窮水之變寺據其上流右倚石壁左俯流泉石壁之址僧堂在焉狂峯怪石翔舞於簷上每大風雨至堂中人疑將壓焉問於習廬山者曰雖茲山之勝棲賢蓋以一二數矣又聞蘇長公云廬山奇勝處不可勝紀獨開先漱玉亭棲賢三峽橋爲二勝其寺廢已久有僧曰惟賢頗通世間法余俾之住棲賢賢既結屋山中乃使來告余遊至谷口日卓午矣未至橋十許步石巖下覩陸羽泉乃至橋上俯視澗底亡慮百千尺或云以瓶貯水五升許從瓶嘴中瀉出縷縷下注瓶

竭水乃注澗底欲試之不果又云橋魯班造蓋謂堅緻壯奇惟班乃能造耳非謂眞造于班也距橋北十許丈有大石方整狀如棺横亘澗底相傳嘗有孽蛟從谷中出水怒湧勢將壞橋時主僧有道行叱神挽此石扼之蛟退橋得不壞過橋北轉行百許步澗水至是匯爲深潭有龍蟄焉蘇長公所謂玉淵神龍近卽指此也又相傳昔寺僧嘗浸甑潭上俄失所在後有人從湖南來云甑從洞庭湖上出甑上有棲賢寺可驗故知此潭下通湖南也此其言皆誑誕不足信已乃徑造賢公新屋下法堂故址也至是五老峯乃截然左出寺顧在峯後日方熾忽雲從谷中起俄頃雨已至有風南來雨復旋散日光穿雲斜照峯上巖谷石濕芒采相射宛然金芙蓉也明日謁赤眼禪師塔塔距寺北三里許巖谷深絕處也棲賢寺實禪師所創道場

林俊遊天池寺記

行虎溪觀白蓮池仰視山椒煙靄蒙絡突出浮屠甚峭僧言曰此天池命輿戒徒下石門憩接待（注接待亦名招待卽今雲峯寺）僧褰衲屏屨以從渡錦澗歷錦繡半雲甘露着衣四亭乃抵寺巑岏岌嶪線路繳陡縈紆百折下瀕嶔崖灌木捍翳遇缺處閱視若亡底壯夫砉然齘顫而胆落登之法輿負四人扶四人剃竹以拄軥繫兩纆纆三人前拽以升下則倒載尾援以縮伸行勢磴險處舍輿循厓授杖行苔間挽一人搊二人不數武目光混眩喘息汗如雨注道逢一釋子負擔騰趕類飛輿夫駭矚焉寺二天池相傳帝釋天尊手揸今甃爲一聖祖龍飛周顚仙言多奇中後會徐道人天眼尊者遺赤脚僧進藥和詩上感修寺親製碑錫以象鼓銅鐘諸器西有四仙亭文殊閣石如吐舌雙松挺出石竅葉短異常下瞷平川隱顯千里南有掐身崖（注卽龍首巖）神龍宮潭際時興雲雨有石鐫曰文殊化現（注此鑴今存文曰文殊攝化神龍之宮）有鐵船峯右偏石狀如蓮有石耳馬耳二峯北有羅漢池講經臺香鑪峯東有佛手巖形五指如掌有竹林寺羅漢洗脚池白鹿昇仙臺御碑亭在焉大林寺臺曰銀臺樹曰寶樹有錦繡蓮花圭璧五老雙劍五峯瀑布

馬尾二泉白鹿書院奇景尤物莫能悉以志最高之南一舍有半旁一菴僧食日米盈撮和以苦菜以下山塗梗未之致也寺劫於燹宣德間勅新之峯多積雪殿瓦冷裂成化間僧性釗募鐵瓦覆之廡仍以茅歲率一葺予謂竹木爲質塗以土若灰可閱年數且杜風火僧或未能易也登且半陰翳雨作須臾白雲布地如絮翼日乃言歸

李夢陽游廬山記

自白鹿洞書院陟嶺東北行並五老峯數里至尋眞觀觀今廢有石橋自觀後西北行里許並石澗入大壑其傍有石刻一宋嘉定間刻剝落難識一元大德間呂師中刻也入壑行並澗路石漸巉嵒數里至白鹿洞此鎖澗口者也羣峯夾澗峭立而巨石怒撐交加澗口水湍激石鬭旁有罅人傴僂穿之行此所謂白鹿洞云（注此玉川門也非白鹿洞）過洞復並澗轉北行數里則至水簾水簾者俗所謂三級泉也然路過洞愈險踰行蛇徑鳥道石罅間人跡罕至矣水簾掛五老峯背懸崖而直下三級而後至地勢如游龍飛

虹架空擊霆雪翻谷鳴此廬山第一觀也然李白朱子皆莫之至而人遂亦莫知其洞所顧輒以書院旁鹿眠場者當之可恨也斯雖略見於王禕游記然渠亦得之傳聞又以尋眞觀列之白鹿洞後誤矣自書院陟嶺西北行至五老峯下並木瓜崖西行則至折桂寺石澗有橋朱子嘗游此自折桂寺循嶺而南下則至白鶴觀觀劉混成棲處也觀背峯曰丹砂峯（注即今硃砂峯）自觀西北行數里至棲賢橋橋跨澗孤危宋祥符間造也澗曰三峽澗澗石肝爛而巍怪罅處淵潭碧黛激則砰湃橋旁有石亭亭傍崖劖錢聞詩詩（注此刻清康熙間尚存）自橋西並澗行則至于淵路旁草間有石鮮不劖也今莫能盡記玉淵蓋其澗噴涌來至此而穴石懸注窅昧聲如迅雷亦天下壯觀也石上有劖字云過此爲棲賢寺今廢李渤嘗寓此自棲賢寺西行至萬壽寺有路通廬山絕頂（注即今由黃照領登山路）可至天池逾澗北行則太平寺路也然臥龍潭則在五乳峯下路仍自棲賢橋出澗口西行數里北踰重嶺入大壑始見潭潭亦瀑布注而成者潭口有長石鱗鱗起伏猶龍也

朱子嘗欲結菴潭广今崖有其劖字然嵐重晝日常黯黯出臥龍潭注今臥龍潭一切故蹟均不可考但餘少數石劖耳西行數里至萬杉寺桯史云宋仁宗建寺當慶雲峯下巖間劖龍虎慶嵐四大字注此劖字處今爲平地非巖間矣又西至開先寺寺有瀑布李白有詩有龍潭黃巖雙劍香爐鶴鳴諸峯又有蕭統讀書臺李煜亦嘗寓此注讀書臺爲李中主璟遺跡相傳蕭統昔有別墅在寺近非讀書臺李煜語亦誤亦廬山一大觀也自開先西行十數里至歸宗寺寺有馬尾泉亦瀑布抱紫霄峯而下注當是今玉簾泉王羲之嘗寓此洗墨養鵝皆有池其南有温泉焉自歸宗寺西北行則至靈溪觀觀西爲陶淵明栗里今有橋橋西北谷口有巨石上有劖字言陶公醉則臥此旁有醉石館過醉石入谷行有濯纓池崖有詩刻自醉石館並山南折有通書院有天生碁盤石上有小字自通書院入谷西北行則至康王坂有景德觀今廢其旁石刻谷簾泉三大字自觀東行十數里則谷簾泉也亦瀑布與開先瀑布同源而分下陸羽嘗品其水自康王谷又西北行則古柴桑地曰鹿子坂面陽山者陶公宅與墓處也自面陽山北行可至圓通寺此一路予未之行予則自德安縣西並山北東行至圓通寺寺對石耳峯前有猴溪宋歐陽元有記黃庭堅亦嘗寓此注黃廷堅當是三蘇父子之誤自圓通寺東行度石門澗登廬山尋天池寺度錦澗橋有錦繡亭路雖攀緣上然修整又林木鮮伐掘問僧曰禁山也路以曳御製碑開云行一里輒有亭路旁崖平處皆字刻也蓋五亭而後抵寺寺據廬山絕頂奉敕建者也鐵瓦而畫廊有銅鐘象鼓悉毀於火殿前有池仰出而弗竭稱天池焉是日晴晝秋高下視四海環雲若屯絮望岷峨江南北諸山皆見然江與湖亦細小難觀矣僧爲指石鏡鐵船獅子芙蓉諸峯乃東至白鹿臺觀高皇帝自製周顛碑高古渾雅眞帝王之文然碑亭漸崩裂又東觀竹林寺刻非篆非隸周顛手跡也注元李洞游記中已載此刻周顛語誤又東觀佛手崖然皆絕頂下游東林寺觀虎溪又至西林觀塔復東行數里至太平宮宮即祀廬山使者也又東至濂溪書院又東十里至周子墓墓對蓮花峯自蓮花峯麓東南行至吳鄣山過山踰石子相思二澗並五老峯行則至白鹿書院

相思澗者水簾下流也此廬山南北之大概也按志廬山有大嶺與九疊屏風號奇絕李白詩所云屏風九疊雲錦張今問人咸莫諳其處惟開先寺前有錦屏鋪云注錦屏鋪不得引李詩爲證蓋別一地也又按王禕記是山也洪武初長林蔽阻虎豹交於溪路雖十餘里非羣數百人莫敢往今其山童童赤崖耳樵夫非探絕頂不能得徑寸薪也是山名蹟則自慧遠在山北至李渤始有白鹿洞在南後又有周顛其跡則絕頂正德八年夏六月李夢陽記

王世貞游東林天池記

余以七月赴楚江行至彭澤有峯秀出天表者曰匡廬山也自意抵九江必獲一往而以久困石尤乍得風船中人少留色而亦會無適爲主者徑張帆去殊自悔恨十月量移嶺右假休沐還復抵九江兵臬尙君見訪語及躍然曰且得從子周旋余固謝乃使二騎爲治裝九江丞德化令各以其吏人往其明早蓐食挾玉山程生及吾郡張生姚生黃生遊出城北甫數里卽聞草間流泉聲甚悲至橋所悲聲易而厲不知從山行覺輿人趾

益上小喘二十里而曙色與微月接道有棹楔署曰太平興國宮卽宋所祠採訪使者處也其宮去署所可里許周益公陸務觀所詩殿堂鐘樓之盛爲兵燹毀當無幾存矣久之乃入磴道夾嶺蒼翠可愛亦時時見人家炊煙羣裊已抵東林寺卽慧遠十八人結社地也其面爲香爐峯秀色插天前有亭榜曰三笑跨一石橋所謂虎溪者也溪亦多閼塞下有深草暗流時伏渡溪可百弓始及蘭若其殿曰神運晉江州刺史桓伊建周益記所稱唐牛相僧孺署寺裴相休署殿二書今皆已亡之獨三世佛像存而皆端嚴妙好衣領皆精絕云是唐塑工手不減楊惠之他阿羅漢咸稱是殿後石壁陡起古樹數百紛披若蓋其右爲遠法師影堂中坐遠像傍十八像則劉程之等六人慧永與慧持輩也其更右則方丈頗整潔中左右六壁爲王文成詩僧以朱欄護之然左右壁皆已漫漶不可讀縣爲置頓小飲敵寒色誇陶令之攢眉成一詩而出訪白司馬草堂僅影響耳遂循虎溪而西步石橋流泉潺湲白石齒齒可數西林寺遠公塔皆在望顧甚

荒落輿盡不欲往乃就輿行可十餘里至雲峯寺改乘小竹兜子以四人牽而上若遡流舴艋可四里許至登高亭又折而上爲錦澗橋故擲筆峯後諸水委也石壁峭上凡數折水自其隙下濤翻雪湧噌吰鏜砰吾不知視棲賢歸宗何如當亦生平一奇觀耳自橋而上爲錦繡谷亭亭焉如谷名諸所以稱錦繡者春時雜英百千種燦爛如織至冬初蒼翠不剝丹楓綴之亦自滿眼雕繢復上爲躡雲亭又上爲甘露亭自是改而步矣時天已陰晦積雪乍液加峻且滑凭一小吏肩從雲罅顧見吳楚諸小山如蒙塚溪流縈紆挾微照爲百千金蛇俄而霧合稍稍逼不見前後人第聞冒絮中語相喚耳又上爲披霞亭又上有坊曰廬山最高處王文成筆也寺僧指其傍小崖穴曰此竹林寺後門注竹林寺後門之石坊乃廬山高三字其廬山最高處之坊亦王文成書今已圮係在天池寺門首此記似誤竹林寺者世所稱有影無形時時聞天樂云聖僧居之耳霧小闢見兩山下垂若闕而東山尤奇秀層樓危堞麇庾獅象之狀種種問之僧或云卽九奇峯或云非也俄復晦稍折而下道微坦從寺左轉南嚮連峯前蔽高可里許遠不知極蓋皆稱天池山而寺踞其後嶺小窪耳寺門殿鐵瓦石柱頗壯麗而佛像不甚精僧導而右登一閣曰憑虛縣吏出所齎酒脯凡數行四壁題詠皆已滿獨南嚮左楣尚粉素顧程生作古隸題遊日及紀姓名而下復稍西爲聚仙亭蓋所祠天眼尊者周顚仙赤脚僧徐道人見高帝碑甚詳顚聖凡不足論天意似欲爲明主一表徵應以服衆志耳又西爲文殊台台蓋巨石危出可以西眺岷峨積雪俯視千里而爲雲霧所翳閉一少闢隨合所謂阿閃國一現不復再現者耶台所建文殊殿亦草草而傍崖一龕中坐獅石像極精絕疑此石獅從蓮花會親覩法身當令旃檀釋迦退舍矣時日已迫下春且虞雨雪遂歸而所謂舍利塔獅子崖鐵船峯白雲洞蓮花菴白鹿洞昇仙台御碑亭者僅從僧一指說而已歸路大似捷然從肩輿踏空中行處處捨身崖也度東林尚君復使置酒強余入則已暝三舉觴乃出抵舟街鼓已久動矣夫此廬山背耳其由南康而入五老諸名勝十不能一也而所經遊又欲以一日

而盡之得無爲採芝叟揶揄耶譬之初地人見佛現身謂之能盡佛則不可謂不見佛亦未可也記陶徵君棄官居柴桑得非爲廬君戀戀耶然貧不能多致力而又以足疾使門生肩籃輿計不能度東林而止望天池便自霄漢余吳人去此殆千餘里幸以宦遊一染指差足誇徵君矣越三日紀其事以示同遊者

王世懋游匡廬記山北大林寺

寶樹在上大林寺去天池輿行可四里而遙幾及山麓矣注山麓語誤樹有二其亭亭道旁扶疏四垂妙好端正若浮屠所畫瓔珞琪樹者相傳一異僧自西土移來近忽出一瘿作人狀僧輩以爲大士像云其一生澗旁枝葉覆蔭根生石間泉潺潺流其上樹之美故讓道旁者而所據勝不啻過之度澗而北爲寺故址燬於野火僧募復之外設籬落內爲板屋雖樸若村居入其堂奧如也

遊五老三疊開先瀑布記

余旣以未登文殊臺迫視瀑布泉爲病而三疊之勝寢興志之顧恍於衆說或曰迷道路遠近且有猛獸毒虺虞非多得嚮導不可往或曰往返不可日計深山絕澗中無民廬僧舍難可盡日力或曰春夏草木蒙翳決不可入以初冬時往雨則滑而艱步不雨則泉細而無奇觀然余意雅欲究之不爲懾止九月朔至開先寺出寺行田間里許易兜輿而上屢陟隘口舍輿而徒見清泉豐草輒從憩焉迤邐再上至昔人避兵寨意即所謂黃巖砦者砦漸近香爐峯龜背犀牛相並視姊妹石娟娟下作危墮勢蛇行轉上里許路稍寬衍文殊塔出焉塔據一峯拔地側立數千百尺下臨不測即所謂布水臺也丹葉翠篠蒙崖翳谷可愛循崖東行數十武至塔所以石甃其四周風高防敗也然亦漸廢不治矣塔前一石橫出數武險絕難上惟寺僧習而登焉山疏謂之定心石或謂四望石云一名險一名景也其南望正與瀑布泉對懸崖萬丈轟轟下瀉墜珠飄練澎湃百狀當泉所注石都作異筋理蜿蜿蜒蜒龍爪拏攫洗削萬古如新眞茲山勝絕處

云時秋潦方收從山下望僅如一線不登茲臺焉覩所謂瀑布奇哉締視久之復返故道從南上入黃巖寺寺據雙劍峯下四面皆峯巒林木拱護中有丘田泉出其旁亦一奥壤也僧廬湫溢無當勝處乃循澗而上求所謂黃石巖者巖石大可三楹下空洞可屋昔有道者廬焉緯蕭甃甓居然坐臥處也已下而就澗石選勝班荆復設酒脯兩劍峯崢嶸競出嶄嶄來逼人即所傳老龍洗潭處遠不得至而瀑布泉水已潺湲在吾杖底矣逡巡不欲歸下方久之始下飯寺中顧日尚有餘晷因復迂行至萬杉寺觀刻石而還越十五日爲三疊游始由九江通道入觀山下望五老峯近可摳衣已稍背而北易笥輿行行百武即並澗澗水建瓴下入草間已作潺湲聲山依澗而上漸高若設屏障傾欹愈奇意即所謂屏風雲錦也已度澗而北稍上更折而南巨石縱橫澗中水勢瀰漫鋪瀉石盤懸注旁灑已覺應接不暇乃下兜輿立石間賞歎久之自此徑仄石礙漸不可輿矣蛇行數百步澗皆巨石前拒水不得下迴流怒擊淜湃欲倒而澗旁故道前視亦盡障塞疑便與人世隔絕稍進迫視一罅天啓洞中可容數人劉世揚所題玉川門李夢陽所謂白鹿洞也人皆傴僂而過過是又作別境矣兩崖鐵色壁立數百千丈峽水森束轉急仰視不寒而慄徑皆蒙茸細草或滑磴但容一趾徑窮輒度澗澗石亂插水中猱接騰涌下上僅免濡履惴吁相屬幾不自支前覺有異衆譁謂三疊泉也乃稍定氣徐陟至則山崖四面陡絕樵徑絕焉澗逐山止而三疊泉從山南最高處冉冉盤空而降初級如雲如絮噴薄吞吐流注大盤石上水石衝激乃始瀠洄作態珠迸玉碎復注二級石上匯爲巨流懸崖直下龍潭飄者如雪斷者如霧綴者如旒挂者如簾散入山足森然四垂湧若沸湯奔若跳鷺其聲則蘊隆之候風掀電馳霆震四擊轟轟不絕又如昆陽鉅鹿之戰萬人鳴鼓瓦缶相應眞天下第一偉觀也潭中流峙一巨石屹然砥柱好事者常勒名其上俯視目眩予乃隔潭據一大石箕坐敲石煑松温酒浮白酬之坐去瀑布二十丈許泉濛濛時洒人面先是日午暖甚捫歷汗流已坐稍稍涼既

而嵐氣襲人背袷驟單覺閴然幽境凜不可留而意若不能釋去日旰乃起令徒隸拍掌嘯呼山谷響動泉若加駛下視兩峽天闢日光晶晶下散平湖覺此身如在仙都鬼谷迤邐亟下出洞門就兜輿步步惜別至山下始就民家露坐而飯日昏黃矣是日也誠不自意獲此奇觀自謂生平一大快云大都茲山以泉勝而泉之勝以從峯頂四下與他山泉出山下者異未登文殊臺青蓮諸詠便謂溢辭況三疊泉瓌偉奇麗僻在烏道太白子瞻晦翁未探之奇其邦縉紳士衆老死所未識之境一旦余以守吏賈勇而登覽之獨非幸歟余懼夫入開先而遽返者薄廬山爲常觀而妄肆譏談故記其大略以示遊者爲茲山一吐氣焉

羅洪先遊廬山記

去歲予入匡廬胡練溪欲偕不果甚喜僧話不啻與故交敍契闊今適與練溪燕坐鍾斑田郡守遣報王龍溪同沈古林邀會海天次日余四人拂曙下天池山練溪獨處閣中俟秋入武當劉龍山趙子良次靈隱余與道輿如海天至則陳抑亭毛青城咸聚二十六日晡時班田餞別於海天舟

中是夜龍溪舟從湖入余以龍山子良留靈隱明日與道輿趨東林徑圓通宿次朝命輿馬由面陽山謁靖節祠披榛莽展墓墓前正見面陽山立誦挽詞良苗遠風如侍公側宇宙上下幾千載未亡者何物爲之灑然道出隘口南觀温泉泉出溪流中勢若燔湯不可以手行其旁腥氣蒸人謂地有硫磺或然也晚宿歸宗次早遂趨諸溪左星石家龍溪自開先來是夜坐亭中有星孛於北斗中大理彗入紫微自天乙太乙指右樞後數夜移並樞星經天牢西南沒時有談方外之學者龍溪因問余曰公見二氏何如余曰老氏窺向上根源竊弄闔闢傷於巧佛氏見無始幻妄但守寂樂近於拙吾儒因時立教率本人情萬物賴以並育天地待之成能其守法庸常其功用廣大二氏不得而與也雖然道亦大矣百家九流咸有歸宿雖不出於吾範圍之內然知力之專各有自得後儒區區載籍以爲是非鹵莽抹撥以爲衛道不復究其說之由來吾又病其解王章而藉寇兵

也翌日與龍溪別

王思任游廬山記 同治化志載此游記注謂篇中多訛字無別本可校正云今從余友周鰲山君借明刻本校正

疏云山無主峯橫潰四出嶢嶢寥寥各爲尊高不相揖拱善寫廬山者矣山尻楚吻吳面障洪都肩柱鄂渚似喜湖江之隙而特集美於此者伏滔曰重嶺桀嶧仰插雲日言其高也湛方生曰窈窕冲融常含霞而貯氣言其靈也酈道元曰氣爽節和土沃民逸嘉遯之士繼響巖窟言其風氣之可隱也慧遠曰高岩仄宇峭壁萬尋幽岫窮崖人獸兩絕天將雨則白氣先摶或大風振岩羣籟競奏太史公東游肆目若陟天庭焉是又住山之最久而得其性情狀貌者也王思任曰予登漢陽中峯見廬山從衡來橫亘五百里無多也孤芙蓉矗水上耳然清貧矜特不呼援倚泉峯雲石自爲瓢衲團而不散是以奪襟喉陸海之一宮而幾與五岳訟

東林山箏鞹之最外者以遠公勝虎溪橋草湮流咽覺步笑猶有響動橋遂勝白蓮池方廣暢可是謝靈運手植吾不喜雷次宗劉程之等人瑣碎死生儻淵明放眉而來卽恃才靈運雜心而至此處箕踞堪飲噱矣池竟勝佛前兩松遠公前兩桂俱以淸古勝三笑堂楊德偉屏畫有生氣勝望香爐峯講經台翠滴飯中勝舍利塔虎跑跡十八高賢像神木井冰壺聰明卓錫三泉陶侃所網金文殊身蓮花漏鬼壘牆李邕柳公權趙孟頫王守仁碑蹟此皆示現神通貽留往舊吾聽僧指告存者存之歿者歿之而已最可憾一事游髡薑目逼人布施持簿不寸離廬游之興一步一敗然亦有爲其愚弄者乾沒金錢不小安得竹根三十箇斜封一角解發尸陀林中聽其銷算也乎

飯三笑堂已予攜一僧西步有林蓊翳拾級而上乃謁遠公墓公命盡時欲露骸松林同之草木而弟子不忍輒作荔枝塔覆之傷哉入夜翠微裏千峯明一燈也空悲虎溪月不見鴈門僧也望香谷入西林寺荒落甚永公塔亦禿圮矣虎溪儀正盛永飄然半衲不遮脰而來何無忌曰清散之風多於遠矣永常室虎人畏之則諭令入山人去復至靑山不改遙想當

年
香谷有廣福觀祀匡續先生今蕪廢匡山名自先生得先生辭威烈王之
迎白日輕舉僅有廬存因又謂之廬山然則先生未廬之前只呼山耶抑
成周以前人盡無足眼山猶未生生猶未奇耶人世短促夢夢至此
白樂天草堂云去爐峯不數丈又云寺東跡之竟茫然春有錦繡谷夏有
石門澗秋有虎溪月冬有爐峯雪其言甲廬山矣又曰司馬秩滿行止自
由則必左手引妻子右手抱琴書終老於斯以成其志清泉白石實聞此
言畢竟下回分解若何李太白於五老峯亦爾文人輕詛
盼雲峯寺始登趾丹嶂萬仞一呼吸黑雲幔盡急輿至解衣僧不內給宿
九奇菴蒨綠幽蒙穿枝撥翠雨淅淅入矣得吏人送酒主僧稍恬萬聲齊
下夢至瀟湘不知是風是谿是雨
寨長苦輿力僧苦米更上無米且無僧也亟謝手麾去賦予兩脛時已上
廬山一行簿矣亟趣走雨後鳴泉爭道而下白雲明暗人行水氣中反不

見山也上錦澗橋萬雪奔雷支筇巨石之側沈叔賢摹畫不得但大呼叫
自此上躡雲亭甘露亭覺身境愈虛卒一下視踏穿白雲幾千襲臨試心
石探窺無極足二分垂外勇不在此對山一竇曰黃鹹洞人飛去不遠留
一几爾絕壁有罅壁上有字曰通仙台曰清虛林近日始出綠毛苔隱兩
壁咫夾手腕展布不得予從滴瀝中側眼辨之彷彿而已再上數級歐陽
先生有歌曰廬山高書壁已渝而吾家伯安表之於坊踰彌陀石見大書
白雲天際雄秀勁暢然是宋元人筆殊漫漶勉至天半亭凡九十九盤天
池塔見矣跨脊下林逕離離密密瘦黑堅異盡東晉時松也佛前兩池供
汲以此名寺寺故高皇帝勅建以祀周顛者赤脚道人張鐵冠天目尊者
從之寺以此長廬山僧每習見官出口皆香火氣令人不耐予獨游文殊
台徙倚石欄之上又過探捨身崖俯視前峯筍銳蓮擁雲絮忽復纏裹歸
宿竹閣蟲鳥已絕深夜闃然忽聞機杼聲半嚮一按詰朝詢之乃萬丈壑
底一二老蝦蟆咳語

御碑亭紀周仙事洋洋大哉物力嚴壽白鹿昇仙台視天池捧其足也過佛手岩岩前石如指天泉沮洳耳不奇岩下萬木出杪皆蛇猿之窟緣崖行百餘武八分朱書竹林寺三大字云出羅隱手空同以爲周顛非是注羅隱爲唐人宋時游記絕不載及羅書亦疑問每風雨時鐘唄大作相傳隱寺耳清虛林乃其後戶意神聖變化之跡如石梁瀑布五百應眞所居彼以水此以山耳又行十餘步至訪仙亭有趾在山錦川撐插兩短松絕懸崖以老臥望一溜紳下巒壑翻攪神怳怳也歛足側行望下方雨晴氣錯一大圓鏡未開水銀古也光耀沕闇砂點雲痕竟無定處從龍角石取推車嶺望大林峯入寺皆岡行也嶔崎之極忽坦率綿亙置鷄犬里巷絕不知是萬山上寺坐白蓮峯面擲筆筆者遠公點經筆所飛處也別作一開闢澗水碧澄老杉捨身貸金剛一本兩幹大蔽牛而雄搏虎二三僧友欠申其下白茗清陰葛風孔孔香汗輯矣

將至赧封一大蟬石奇藤幕之疇昔之夜瀆我天池者得非子耶禮赤脚

仙壜好老杉文杏不知何樹腹踵數十圍大以石爲母寸土不受又不知何嶺下看百丈有八九十峯皆肥韡參起白雲底鳥語細碎忽數羣白鷺跳來踰時是泉也

沈石田畫有豆青石坂人行泉上予極愛之至將軍河恰似一石架大磐上又數雄石乳石激發湍瀉中旋銀舞玉輸帛捲綃妙難形至石田畫石可也畫水似猶不來

王赤城題尺五天處踰數嶺山肉忽黃予正訝絕下一坡種杉萬計綠雨疎風撥天無尺也有僧卜地鹿爲引至名鹿野改爲黃龍潭規製從木閣度殿僧律嚴山木不得折一枝折之必訟至枝長而後已注然則黃龍寺僧在明代固有健訟之風今其愼之注明人游記無言黃龍特出二樹者但叢林以故茂密耳由此可證明今二寶樹之年代矣予過其巔徘徊不忍去是風氣之所鍾也天池東林俱逆闗苞之廬龍面發者歸宗爲大背發者黃龍潭爲正請存斯目

金竹坪道場新建匡山接衆處曹能始扁曰竹裏經聲有活潑泉筧至僧

廚極甘冽寺外一樹白花四瓣幽馥趁人問爲何名僧不識也出金竹行嶺上遠江浮拍可以全受此何方也云是蘄黃之際安得一閣題曰楚天聽梵鼓松竿讀書其上哉

九奇峯九峯皆奇也而火焰更甚如數千百駢指指天若有屈事急難自白者上霄峯玉尖蒼秀秦皇漢武太史公之所登也一磐石函可百人周景式曰望九江以觀禹功其茲峯乎（注此上霄峯指山北者言秦漢帝王所登乃山南之上霄峯也季重此言誤矣）

仰天坪實坪頂也高寒無木有亦短瘦五月入佛堂見一羣人爇炙甚訝之稍憩指僵喚火矣殿屋俱茅庇何不用瓦曰風壯瓦飛去求鐵不至也洪陽先師題雲中寺僧昵予徵堂額爲書天在山中

火焰峯亘百餘丈向所仰爲指矗者皆石笥也石怒起如驚雷擇最銳一株踞其頂望鄱湖白氣中有履數點又如梟流款款不見動而見移半時乃隱者舟行也

山至圓通一龜攀上短小過峽分潯陽星子之水極力四五起爲桃林尖又大頓起爲漢陽峯此廬山主人宅中以處者也看大漢陽峯亦目之視眉耳五老峯當拍肩語之望揚瀾左蠡舟皆豆轉或隱或見落星石一荷盂不動者回首江天二三抹水光矣

曬穀石山頂有數丈石可曬也叵象坐獅乃憨山拈出泉以輕妙茶以白妙豆葉菜以苦妙紫蘭花以艷妙壁壘俱石皮皴豎遠望之披柴堆炭也以樸魯妙從鍊丹池入牯牛嶺或崗行或壑行高高下下釟（注釟其虐切足相踦貌）揹之極兩行脚語曰不知何故山以峯名則解之曰人之姓名出在頭上九峯亙相雄起俯視天池一錐乃入座之視丞尉也其間連帥方伯郡牧之長不知爲幾千百也又如蓮瓣中穿度我作魏收蛺蝶無鬚不綴常有誅茅覆閑聲息杳然不領名勝不邇路岐者此中大有苦心之士忽然鐵裂萬丈門開白雲綿曳湖氣之青屯如也三鉌幾欲頓折導僧前去急喚問之正是含鄱嶺口

予昔在青田小洋中得看天錦以爲奇絶不意五老峯上復看海綿之奇也天錦之色金染萬鮮俱非人目所經見而海錦素鋪幾萬里拋彈鬆稱光絲躍然覺霜雪死白爲呆凹凸不等小家數耳予初登金印時綿冒漢陽幾不憖遺一老不意天錦之福尙在綿俱縮入湖江漸覆四宇作開闢以來一大供予置足在中峯之頂皇恐消受默念安得裁爲大被襲四天下寒山冷水無有啼號者發如是願以報淸恩猶未足以塞其萬一

五大堞鐵雲皆紫靑融鑄從天崩下現壽者相是名五老晬面盎背而予來襁負其上覺中老更出一頭地相隔數十丈下臨萬仞探之惴惴爲筆爲罏爲旛竿爲石船爲凌雲者皆兒孫貼膝腋也白雲時時蒸伏沈叔賢謁一老不耐事去矣陸務滋絶叫見海綿以爲觀止不必更登頓也予曰訪五老也而何三之二千里來反惜此數里乎當一揖一峯而去四老前有台偪崖緣葛乃至五老始見鞋山如方凫江光湖氣收於此矣導行者楚僧了一云春夏無此一日若所謂海綿者無論幾十年中游人舌不及卽目亦不及也幾許同行至乾岡嶺不肯上僅一銀鹿阿端同之山水豈

易緣乎哉

從五老視月宮菴直靴尖挑倒也下取之殊盤極忽入萬餘短髯松穿弄綠蒨如鳥枝暗塞淙淙也俄而潺湲溪亦修行擇杳僻矣菴前樹蘂瘦竹亦無人世漪媚意寺禿迸人去得上方靜者燃薪汲水又得仰天坪豫勅儲斗米倖無餓而此一飯中絶飽愜香美不可思議

膾炙三疊泉無有知者忽得隨州僧復曇卓契順也曰第從予來披撥灌莽經缽盂嶺蛇逕而人緣之看匡續先生所遺驢蹄洼忽山窮天出有嶺橫亙如石梁遙望之二友踞坐指點但喚急來視其東壁萬仞亦靑黑鐵俯之奪氣而所謂泉者如光絲紬繹又如一蟒蠕挂肥動刀作三截可愛亦可畏也

仙人棋盤石頗險㬇對望半天靑壁傲雲供瀑不知何翼得有靜室如蜂房之綴意山谷云窑牌者毋乃是相思澗者亦不知在上在下但人命止

右尺土過一洞五六寸首尾相通僥倖下三疊泉源如雷礮砰來人緣壁拈過一輿夫浪膽幾衝入潭底去此溪緣行所謂下路從河者皆大卵石勉強滑度曇師初教予行似鳥習飛既而如吏曹堂候官引見倒行安妥又進然步步如乳母顧予也此深山中見人而喜一年不過一二度即曇師亦偶爾來是前生所交識也矣

纔看三疊泉後白雲即緘山口龍氣嵐陰特賜王郎一假也

初日峯上有磨盤石對山則礨者千仞皆黑英石架起此又不宜以山論以石論矣予往年見瓊台雙闕釆豔神恍今乃條支之馬肝也光如元妻之髮位置佳妥不知何時堆此靈玉九秋哀響安得天杵一叩也要知山川精華定祕千郛萬郭之內人跡不到止有日月愛惜耳壑中潺潺掬之洗肺忽憶我几上有三尺鷹媢摩賞自雄遂不知今日作蟻子之樂拍手一笑

望天池石過洗脚池磥砢蹇偃穿跳喜懼一時數易不愁死而愁撲行路難甯如此

朱砂峯如赤城火色銳拔層霄萬山青綠得此一尖亦是沒骨山家數

過青蓮靜室一茶渴肺感激上一嶺望鄱湖雲淨波明返照如錦綃薄射此五老咽戶住山人謂氣不藏蓄反不菴此

太乙峯尊儼挺拔部落更廣望之徒有唏噓數百盤至歡喜亭日云夕矣乃見馬尾瀑（注此當是白水漕誤名馬尾瀑耳）忽爾黃金萬頃精鏐可愛詢之僧湖中沙也

枕犂頭尖左五老而右漢陽萬壽寺也鄱湖一泓時青時白以爲前供天外風帆谷中樵唱是長老飯邊受用

棲賢寺安頓秀韻左迴玄嶂遮却半天門前雷鳴車過乃三峽砰來水也對此清英塵氣洗盡游人何所生其不肖而定謂棲者爲賢

玉淵萬杵登登雪花千斛琅玕碧骨上銀髓翻騰快而且活知其解者不必蘇家兄弟

又云三疊泉與玉囦胡威父子也然鮰魚費釣不如侯鯖是家常茶飯

躡雲橋兩瀑短悍一到綠淵汰澄靈靛不知幾千仞直得務光一死

三峽從瞿塘灩澦譜來水聲之怒至此化爲轟笑

劉混成白鶴觀窮廢亡賴止一三瘦豬眠游也然古松古澗淙淙諰諰於丹井藥臼之間覺白日靜長棋聲恍惚入耳

白鹿洞以二李顯則洞饜矣不若道士云白鹿洞准白鶴觀也觀之人僕其鶴洞之人僕其鹿糧絕則各遣入市此語仙冷差有致從五老後屏山來雄崖陰壑犀牛折桂之水出焉老松數百章暗陰古色極人世幽邃之境第多一書院又多一增塑聖人洞中大有腐僞之氣

憨山識地理鑿開五乳山額曰浴雲以五老爲左障殊雄妙有靜室帶泉聽澗者可以老憨山去而其徒文字讀書英玉和雅每室香供飛鳥依人摩登伽所攝豈須呪也

七尖胡鼻峯之前有劉遺民讀書台可望鄱湖洗硯池尚在未審發願文在此屬稿否

鶴鳴峯下開先寺佛印之所居也門前古木橋薇磯石截流殊宜夏坐至佛前方見西瀑如玉練下垂一條界破青山色公道景事亦復不惡奈何苛求之東瀑馬尾水稍雌遜會流至青玉峽但有雷轟而兩瀑反不得見雪花搏擊至龍池乃紺定飲嗽玉亭上飄飄乎欲仙去也

西瀑出雙劍峯之左從山腹中掛流三四百丈登布水台觀之始暢然人覺勞畏

香爐峯視諸峯更奇秀望姊妹石亦娟娟宛肖而予飯於黃岩中見金蟒如巨椽此固其窟宅也

廬山僧占多以道士分其勝者陸修靜然覺禪處簡寂觀亦有瀑下不爵秀禮斗石略具威儀飛來岱宗扁幻缺也至於橋邊老松五六樹雄古翹撐當封匡阜松長

大漢陽峯發爲金輪金輪峯下爲歸宗寺此吾家右軍守潯江時居停廨

賓人者也堂堂正正之局風氣鞏藏土壤膏美乘地理者不此之求而傍濤打麓軥之崗吾不知其何見

柴桑橋兩青石渡田泥耳去五柳居不數十步先生乞食隣家往往過之橋石大有筋脊不借王陽坂司馬柱也

悠然見南山殊荒圮去栗里約三里許是歸去來館址在一山農矣有澗飛短澍下瀠一潭丈石突起陶先生每醉臥此吐痕尚新無名氏題曰淵明醉此石石亦醉淵明千載無人會山高風月清吾幾欲搥碎之矣

圓通在甘泉口望馬耳黃龍等峯如旗屏矗列溪遶竹深三蘇之所信宿至今勝矣寺有夜話亭改清音又改歐亭然不如夜話之雅也

中大林無奇下大林門逕從松石中穿入月坐涼生予與沈叔賢奕久山台無垣僧有虎慮叔賢曰廬遊少此一段點綴也

文殊寺攔石門之腧而亘之中落山半後屏絕巘前控飛流絕尙閩畫又一清絕處也

石門澗妙在泉壑零碎隨人纓足有珊瑚骨有瑪瑙腹有于闐青玉肌盡爲雪浪瑩澈溪魚陣出曾未見餌相疑久之乃信予門生梁若木析木少年頴儁坐此癡咍不肯去大似牡丹亭下尋夢

石門乃天闕也二嶽稍似而不敢望此之峭峻石色與大月山東角伯仲月山石妙在元英而石門之石乃青紫雲結成打實者皴法軟密團欒全用黃子久中一塊香錦堆疊寺僧索予匾題之曰鐵雲埰更索聯曰花網梯海箭括通天皆實錄也

鐵船峯在石門之側無可登履石門背有百丈梯通天池（注百丈梯係石門澗上天池僻徑昔惟徐霞客一人登之詢樵者亦不復行矣）必縋下而緣上靈運明遠已曾此處著脚矣是役也予年友梁射侯備兵潯陽招而贊之射侯膠於官而猶韻於友猶之乎其游也歸語某某之勝射侯不懌而兩郎君懌甚請王子爲導師又續爲石門之游是射侯膠於其身而猶韻於子猶之乎其游也雖然予廬游之韻終以射侯不然傲巒隱姤之髡即話言不通而何所感發之予曾謂官

游不韻乃今知韻竟以官也不以官則九奇菴發足即無所托宿矣同游者姑蘇沈叔賢會稽陸務滋續游者梁若木梁析木伴游者能仁寺僧完赤而助游者晒轂石僧了宗吉祥庵了一離言楚僧復曇趣吾游者棲賢之恆水五乳僧堅持法可而不厭吾游者金竹坪見空仰天坪含輝禮猊吾游者開先之東隱歸宗之蠡雲文殊之海空至天池東林等寺則秃惡之觀望擾聒游興掃盡矣遊史中亦有董孤例當併書

予幾登大漢陽峯而爲雨所吝亦不及飲康王谷之水不得取吳章道則廬之幽僻隱奇未盡探焉予於廬猶有餘憾哉雖然莫親於父子莫邇於夫婦而陷缺之緣人不得以力爭之則廬山與予猶朋友之交也

王思任曰星渚潯陽之間人無幾奔走市城不暇給以故予山游不見髮人亙古無婦尼之足亦少靚色僧亦無處得酒肉賦命清兀得遂其高若生於富鬧之鄉則辱淫喧褻萬丈之尺短矣吾所絕戀者無山不峯無峯不石無石不泉也至於霞彩幻生白雲面起朝朝暮暮其處江湖之界乎

所謂山澤通氣者矣

注此記先後以周鰲山君所藏明刻本及王培生君之季重全集互校仍偶有意義歧誤處無從校訂矣

畢成珪石門遊記

歲在戊申讀書廬陰綠雪山房鶉衣蓬首龜縮不出柴門非乞火未嘗妄開中心樂之蜡月積雪雪霽白石上人暮排柴門向余談石門諸勝上人固饒牙俊慧而此夕語中尤挾風霜余聞跂以待旦昧爽束樵人裝不呼而景從者緇衣四人余將一長鬚長鬚詔余將村沽一罌余從之問歧取徑石門澗然澗以門名足味矣進一牛鳴許逕在澗中春霆夏漲輒沒沒淹旬泛濫望遠公嶺如隔弱水時水落石出纍纍如石浪澗流嗚咽小者淙淙鳴足下大者瀦爲寒玉鑒之碧光沁人心髓去登遠公嶺山葉菀翠雪後尤映日增色翹首天池落木寒雲雪銜陰磴琳宮鴈塔揭表重霄安得起倪迂一快圖出惜哉遠公於石門凡一再登社中諸賢從遊有序豔言之余讀史之暇曾一過目雖由此而知有石門然不圖奇絕至於斯也

嶺既杪支而左磴道出石間石片片如仇池亢膚而玉理扣之有聲如靈
璧丈人行也時余回盼長鬚手中喉間動甚乃酹石自酢盡半罍丈人固
不勝杯酌余飲再倍然未酣從者一能笛前余上馳隱嶺表吹之聲出雲
石中泠泠有君山餘韻攀磴移時逕復岐而右岐盡而三門戍削萬峯鵠
立靈氣霏霏撲人口鼻大都如幻開一洞天非匡廬諸勝可擬議萬一時
余神搖戒從者未可卽前當有洗髓者出余謔也倚杖久之從者不堪指
爭前余勉殿以次而探首登夕陽岡岡峭起而重崖爲一門右峙前此未
有登者乃披棘攀崖手足並作不及巔二丈餘更猿引而上巔平若砥可
肆數十席三面嶂巒比立如櫛絳崖紺壁插出雲漢環顧之萬仞石城耶
北含吳楚下挹江流如帶帆如蟬翼吳楚諸山如小兒聚沙入江諸流如
白沙中螺篆舉目千里未極也麓濱白龍潭龍去矣上流石瀨殷殷若錢
塘八月雨中濤問之爲秋聲瀨云下岡度石門石門三前二而後一北山
精舍宅其中時舍乍誅茅而私已淑之從誅茅傍陟降而度壑復攀崖而

上上可百尋崖中陷藉足於老藤枝間下人望之獮猴爾藤窮爲後石門
獅子峯峙門右清涼臺冠其左峯孑立仰而上馳臺高倍之昔人謂華磴
道之險遊心經七死石門其一矣左指鐵船峯者壁立萬仞巔摩重霄麓
漱石門鳴玉諸峯未許少與頡頏者傾之夕春日色泉石俱紫罡風獵獵
起自陰壑似意與鐵船爭雄長杖屨難留乃更酹罄罍而歸余時欲作記
侵於懶癖不克乃作石門歌以謝山鬼越月曹能始泊湓城藉霞谷上人
期余三門之間是夜能始封公至詰旦能始馳以解約余顧與上人矢約
如初復取徑石門澗比登靈壁棧文殊福海諸剎暮鐘四發月埋昏雲中
不能辨諸掌探岐岐陷入虎穴余顧鼻頭出火上人爲余慫恿亦破榛棘
而前漏可下二刻抵北山精舍禪者二人先至余舍中嚮所誅之茆苫矣
夜談茆下峯頭松石少吐寒影芳月殘雲遞爲明暗夜分霞集上人病之
譚鋒坐不競乃分韻探詩禪者上人各得近體一余得二絕詩成雪霽月
如凝霜談鋒復振遂剌剌達旦高春徑草晞共登夕陽岡上人咈然長卧

岡頂鼾聲與秋聲瀨相上下余雙眸猶炯炯日晡上人別而歸天池余歸山房時己酉開歲十又三日也又三月余歸省復登石門以別猿鳥余歸臥病漸江上菊有華始抵廬又復登石門霞谷上人以朋酒招余入社乃知鄒子尹郭聖僕諸君盟白社於石門矣余雖未應上人招而瞻戀泉石之情無舌可狀適余有絜酒之役未能即遂初服於是旁窮四隩按峯徵名者盡三日夜復得松柏崖臙脂崖蒼鷹浴鵝石虎諸峯是夜作記記成讀之似羽毛草木少生色乃賦之時陽月朔前五日也

曹學佺游匡廬記

夫章江之水與他水匯於彭蠡先有一小山可望爲吳王所成者是洪崖之陰乍睽乎遠勢而匡廬之秀已蕩潏於層波矣余過於孤嶼落星重隄抱月所稱南康軍者也山當治南路更西向峯以交而成衆瀑至近而知兩則爲開先寺之境唐李主璟參軍事時嘗潛是遂倡初靈而掩其後襲徑長可愛樹簇陰幽鳥啼近暮客來似秋入門而殿次閣而亭乃漸升坦爲峻易步而躋矣或立明庭或行木杪但出西方可以觀瀑而閣上者爲最勝是當巖缺處闢牖與之對也瀑去此里許過其下必三四里兩巖相距以數十丈時時霧雨交作沾灑人衣然於巖爲東西自牖中實作上下觀矣余亦意瀑布所奇當不止是西狗而不得其源有兩峯蔽之水自其中過即峽也峽之水斷於壁而再斷於潭壁臥而水豎亦瀑也入潭則爲雷固若亂矢旁射耳水始循澗而出過橋淙淙有聲已別寺過橋上則故蹊未窮新術載啓凡十里而入歸宗半繞瀑布下也歸宗之水本以靜涌既垂林陰亦銜山氣捨宅爲寺實始羲之自耶舍禪師而後歸宗獨盛客過其地逸情相依僧寮香閣亦自清寂余詢其舊而洗墨浴鵝之名尙沿韻士金輪寶蓋之號推本法王矣開先歸宗各於其頂而止若欲登山必南逕棲賢橋始入山也山南多石水直瀉下故累日所遊多爲峽爲礀之類茲峽特長以三峽名橋跨峽中行者逕之只上橫石出自人手而下豎二岩以易楯其地更可坐若與橋兩層焉但中爲水所逕而有金井之號

亦盤旋致之者矣是水出自含鄱口嶺上望之如月之下弦五老峯在右
而其首則西向首石多稜若冠白雲之崔嵬也中諸峯峭直自高耳未若
五老有情其色青蒼雲薄之如鏡中暈又作鸞舞之狀或云瀰漫則微露
石色焉而一二點青蒼者也雲從西北來大雷雨奔入湖中不得不徑此
口故嶺上遇雨越兩日問五老峯僧云是日峯頂無雨也然剛有一石亭
可避自棲賢橋登嶺十數里而始有亭又冒雨行入鄱口則暝矣湖中尚
有雨光雲作微縷離水而立或卽散或卽他去不問也鄱口始有支徑五
老想當近但非人所常行不敢以夜而西北途頗治且落日微炎因從之
路直趨下兩旁皆編林木得無誤是夜月望爲東峯所蔽不得上夜靜抵
黃龍寺始有月黃龍幾乎中正而亦稍東偏也寺以潭名潭不能如所過
峽但寺前之徑何減開先石上聚花繽紛如雪林間落日的皪若金班荆
徐坐亦覺有會憶昨夜來望燈光如繩聞鐘聲若吼驚喜相半固無暇及
此矣乃登寺後山及金竹坪諸處江與湖得以散觀遊衍可知矣其橫而

復斷者爲鐵船峯其斷而復起者爲天池雖未肆跡已先賓目二三朋侶
相識緇衣或暫憩他菴或徑尋故道鐘寂始歸月明共坐巖枝懸其鳥宿
石澗流彼猿啼客乍眠而復起僧罷誦以經行此入山之佳夜亦機暢於
竟日也清晨山霽因赴五老之期而有事焉五老峯之水散匿四出匯於
三疊泉而再匯於棲賢橋由橋以向峯頂必徑此泉亦有石門之稱豈與
山北者對峙耶今登峯在鄱口之後辟難而趨乎委者也余望五老久矣
欲從五老而下揖江與湖也雲霧荒淫大地爲海據乎危而蹲處焉若飄
泊於風潮島嶼間也衣巾草濕眉睫嵐深乍息風陰之勞遂安溪上之夢
飲水鹿喧弄晴鳥應乃踰崗嶺遵巖壑而得觀於泉泉爲廬山之首觀矣
夫屏風九疊亦五老峯之下總名之也平地突起無所因依矗拔千丈其
狀如屏石齒刻峭層累相承承蒼雲莫辨觸之輒生此直至石門二十餘
里耳泉不知當何疊大抵爲峯背也石乃如戴勝之冠而其爲纓絡下垂
者水乎然非自首覆之乃竇中噴出也對面一巖而左右顧此水故在圓

谷耳余從觀山及鷹嘴巖望之山似以觀泉故名觀鷹嘴取其獨伸於外而罔或蔽之矣兩者觀泉亦有長短之辨若不能盡即其初疊已若空中之與平地水勢長則緩短則急石之一級若一仰盂如此者三盂不能受水徒增其到地速也風從峽來以谷應之與泉共搏迭爲柔剛氣蒸成雲谷中易滿雲出泉流雲閉泉隱予甫能觀頃刻而前後皆闃闃則見其隱隱一二寸縷若魚之鼓鬣欲破浪城而出者是其寶中初噴起時水也於是循岩而行觀水所趨身傴以僂足垂者半春卉尚榮冬冰未化拾朱蕙之奇條覩白鷴之芳質坐必拂乎瑤臺歌乍抽乎銀竹身處奇邃目矚雄麗風作千層之綺浪日曛百里之滄洲湖光上乎蒼屏恍若玻璃之蕩雲錦也澗中無路擇石跨水而已入則蒙茸出則巉巖卑爲地中之穴高即天成之宇樵子暮宿僧徒空棲過不敢留行尚未竟五老問歸何遲而客亦慰勞良苦乃復出郿口北行往天池則途愈治嶺連連而不逼也茂樹相接清溪屬流絕無涸焦之患中逕巍峯在天表如大小漢陽者想必以

數十里計又逕一谷如入桃源焉橋換者再而水曲者屢矣其中平衍百畝非寬山圍之如城翠色自滿乃寺屢燬僧德亟欲去抑亦避秦人也又逕祖塔塔前亦有山但微小而圓以衆爲列外有人家傍澗而住蓋迢遞嶺上村矣山北之嶺浮乎江水者也又逕一亭亭更斷於谷而隆然特起者是名天池天池其北爲表峯耶然亦以觜觀江耳必至竹林寺而後江水始亂也山中名天池爲大寺歲首廬山僧往朝焉其製有銅鐘鐵瓦皆內賜也蓋國初以之祀周顛仙云殿前有池二口含藻蘊清信爲天然之鑑者與入西有樓祀李靑蓮白太傅二公有亭祀周顛徐眞人赤脚天眼四仙其下有石亭南向祀文殊佛蓋頁像也又西有臺以亭覆之亦名文殊而路始盡其下俱崔嵬峭壁夾澗以達於石門亦如山南之里數矣竹林寺闈是聖僧出入之區巖下時棲竹影焉鐘磬隱隱可聞也有岩如佛手爲伸出以度人狀人坐其中泉聲石氣相逼而寒故乃竹林現境不俟冥搜矣出岩而循壁數十丈皆奇峭至一亭而止斷於錦繡澗岩東西有

石突起離徑尺許有偃松可援而倚視澗不慄其未至岩時從嶺上望岩如隔溪也嶺亦至亭而止所稱御碑亭者徐眞人言顚四人在竹林卽是矣余讀御碑蓋雄哉文乎又觀夫九江其禹功之所分導而未泯乎又踰嶺而逕一流似澗而寬學溪而瘦貯沙彌澄遇石靡激此大林寺前功德水也大林有三而此故居上其中下反無此水水邊林木陰翳有寶樹亭亭如蓋昔稱雙蔭今則孤靑故曇詵之手跡尙存而樂天敍其逈絕矣山北而趨東林其路有三大林卽繙經台之背邐迤而香爐峯其與東林俯仰對揖者乎天池與鐵船峯兩壁相高斗聳複亂谿迴谷縈至於石門卽遠法師同廬山諸道人之所遊也其中路卽今登山者所咸資始磴而貫嶺之末亭觀相望矣余時遊石門逕一岩遇雨次日又逕一岩而暮皆不離天池山又逕烏龍潭卽泉源焉謝靈運云瀑布飛瀉丹翠交曜當不遠是岩際孤僧欣迎異客經卷初收塵絲乍轉梯挂斷岩棧橫曲峽木葉浮而澗滿爐煙起而石黔朝雨在林晴山倒景暮霞射壁遠水騰輝於是復

歸山上從曠處以觀人皆衣絳客盡顏酡紺殿襲姿珠潭變采峯巒爲火裏之芙蓉而川水若九虹之爭道矣又次日乃下山遵虎溪而入東林神運圖存佛敎地盛院落半灰影堂無恙鐘聲相遞響谷猶虛垂三聖之慈容側諸賢之逸像見者瞻衣來應讚歎蓮社蕭疏千年葩葉重開爐峯湛秀旦夕煙雲自合媿逐車馬之客猶然風波之民也

袁宏道游記

（東林寺）江州半日程抵東林石路縈折然猶未當山足遠公奧而菴之宗雷陶謝疊足而崖竇之雖微佳山水固已心折殿前藕池耘爲稻畦數年前忽秀白蓮一枝妄意六時堂中人當有來者此一時也茶竟聽泉石上遇其泓則漱嶼則坐不覺至西林時微雨山色爲雲所局稍露半髻獨下雉諸巒晴霞如彩光射澄湖冶波鱗鱗西望良久乃去

（雲峯寺至天池寺）雲峯寺而上道愈巉靑崖邃谷匝疊而行絜而粘屨者曰雲幽咽而風弦者曰澗獨石而梁一絲百尺下臨千仞者曰錦澗橋

纈紅縈碧蜿蜒而道者曰九疊屏一名九旗峯怒而兀忽如悍夫之介而相怖者曰鐵船峯數里一息芟崖而亭之者五路嶔削杖而躋遇泉則卷葉以酌過試心石望竹林寺後戶泉韻木響皆若梵唄乃拜亭盡梵剎出上霄諸峯障而立猶在天半佛廬甚華整覆以鐵一溪漲綠泠然堦下稍定乃上文殊臺俯盤鷹見背千頃一杯少焉雲縷縷出石下繚松而過若茶煙之在枝已乃爲人物鳥獸狀忽然匝地皆澎湃撫松坐石上碧天而下白雲是亦幽奇變幻之極也走告山僧僧曰此恆也無足道

（佛手巖至竹林寺）越石阜度顚仙碑亭東下爲佛手巖石參差而出如凍雲之覆其溜爲泉折而行壁愈峭洗苔觀竹林寺額扣石長嘯妄意其中有長眉皺膚其人者聞余嘯而出庶幾遇之攬其袂而去不可得旣而笑曰羅漢可遇劉蒼鷹家狗乃嚙其血何必竹林寺前也余夢中屢感異景嘗夢至一山純玉峯稜稜如珂雪聖僧導余入小修從山壁直度不罅亦不礙壁盡石匝空而城廣博嚴整遍鏤調御菩薩像忽空中呼曰善才至貌可二十許又呼曰二童子至嬰然兩孺也又嘗夢過村居三官塚者數峯歷歷如以翡翠堆疊成樹皆滑碧無葉瑩若靑珊瑚趨而近見洞峯稍稍沒余驚怪或見一黃羅幕發之諸峯見一僧手梵夾坐謂余曰此淸涼近境也盍偕余往余踴躍馳呼二修俱道旁立長耳跨之駛將至洞聖僧坐飛鳧出大如鸛鶴指余所跨者曰是亦能翔言旣肉翅張忽數鳳盤旋從洞口出光彩爍地若有俟者二修至逡巡欲上而雷聲發於簷遂驚起噫余安知茲遊之不爲夢也併記之

（捨身巖至文殊獅子巖）野性癖石每登山則首問巉巖幾處骨幾倍膚色何狀行莊途數十步則倦而休遇崎嶔轉快至遇懸石飛壁下蹙無地毛髮皆躍或至刺膚躓足而神愈王觀者以爲與性命衡殊無謂而余顧樂之退而追惟萬仞一髮之危輒酸骨至咋指以爲戒而當局復跳梁不可制宿天池再晨觀捨身巖巖舌偃而出孤搴絕壑一旦遂冠諸巖而山中一少年僧稍解意云其下有兩巖石更適旁僧遏之曰徑迂且仄不受

履余大笑趣之行從舊道折而下得支逕剪蘿躍澗中石捫絕壁更上下得文殊巖一壁皆怒石坪躍空出坐候泉熟試岳茶良久俯危磴更數盤得獅子巖石骨拗折頽放已出互相壓而少遜避者遂爲菴趾鐵船峯當其面紫鍔凌厲兀然如悍士之相撲而見其骨及鬬困力敵不相下則皆危身却立摩牙裂髭而望大約三巖皆以純骨及面峯峭側勝而獅子巖最下下不極則石之怒不盡鐵船之高不能凌捨身巖而上而獅子仰視其顛巖與奇適相值谿澗近則鳴悲激而石始活獅子巖皆據其勝是爲天池之絕景君子之至於斯也或未嘗見之也然路實不甚巇遊者既不索而山僧畏冠蓋唯恐去之不速是以不顯余何幸得之高僧徧融嘗菴獅子下三年當其入悟之始每橫一棒坐巖口行脚來則棒出之竟無酬其機者融公去石落址遂塞巖之左存小室椽而度然荒寂甚僧亦無復居者矣

（天池踰含鄱嶺至三峽澗）當余初趨江州時謫仙之飛瀑小蘇之三峽

澗已奔注吾胸如與闊友期將至測焉聃綦履之聲喜其近而翻虞其滯方過琵琶亭問輿人三峽澗何在皆曰不聞山極於天池而已至東林則問東林僧僧曰聞之然在星郡問其道不知也忽天池書記僧來迎首舉以問僧曰有路而側從含鄱嶺達問其程曰可四十里問常至否曰聞老僧言其略實未至也余笑曰爾道我遊北山盡當挾爾去凡七日而窮其勝遊竟挾客行歷層巒面壁而上數息登含鄱之巔長江泛瀲濁波一綫皤湖清徹如片照細見帆影湖中諸巒或如鐲翠或如砂斑之凸起圓蒼所覆目與之際絲棼黍積尺吳寸楚少焉霧作長風捲湖而來心怖乃下石側而無級勢若走坂不能自止山程三十里不當一長亭地山趾平乃輿數步一疊錯行阡陌間頃之至棲賢廢址山中人指綠疇而坦者曰故殿基石澗汩汩流從徑左折得玉淵潭澗水奔流而下展轉與大石觸方怒忽得平石霤瀉數十丈底規而末垂水得盡洩其屢張屢折之氣遂悍然不顧厲聲疾趨而石斗疊忽落爲潭水勢不得貼石則駕空懸注斜飛

十丈餘而後墜虹奔電落響震山谷間潭面皆膩石稍縱足則溜其極無底觀者皆目眩毛豎不敢久立沿澗而疊數折得三峽橋橋堅緻雄偉其下清崖可席相與酌泉而坐稍定沿溪行巨石巍怪或眠或立湍水撼之一澗皆咷號砰激嶼毛沚草咸有怒態當其橫觸洶湧雖小奚亦瞑目佇視如與之鬬忽焉石遜涓然黛碧觀者亦舒舒與與不知其氣之平也余私以語客歷試之良然乃大笑五老峯疊壓而下瞰如與澗爭適一日之中耳窮於鳴泉目眩於幽碧舌燥于叫愕踵蹇於乏曳是亦天下之至觀也僧遊者倦甚枕流水臥而暮色欲來以水濺之亦不起山僧設茗供一杯乃行

（開先寺至黃巖寺觀瀑）廬山之面在南康數十里皆壁水從壁罅出萬仞直落勢不得不森豎躍舞故飛瀑多而開先爲絕勝登望瀑樓見飛瀑之半不甚暢沿崖而折得青玉峽峽蒼碧立匯爲潭巨石當其下橫偃側布瀑水掠潭行與石遇齧而鬬不勝久乃斂狂斜趨侵其趾而去遊人坐

石上潭色浸膚撲面皆冷翠良久月上枕澗聲而臥一客以文相質余曰試扣諸泉又問余曰試扣諸澗客以爲戲余告之曰夫文以蓄入以氣出者也今夫泉淵然黛泓然靜者其蓄及其觸石而行則虹飛龍矯曳而爲練匯而爲輪絡而爲紳激而爲霆故夫水之變至於幻怪翕忽無所不有者氣爲之也今吾與子歷含嶓涉三峽濯澗聽泉得其浩瀚古雅者則爲六經鬱激曼衍者則爲騷賦幽奇怪偉變幻詰曲者則爲子史百家凡水之一貌一情吾皆以文遇之故悲笑歌鳴卒然與水俱發而不能自止客起而謝次日晨起復至峽觀香爐紫煙心動僧曰至黃巖之文殊塔瀑勢乃極杖而往磴狹且多折芒草割人面少進石愈嶔白日蒸崖如行熱冶中微聞諸客皆有嗟嘆聲既至半力皆憊遊者昏昏欲墮一客眩思返余曰戀軀惜命何用遊山且而與其死於牀第孰若死於一片冷石也客大笑勇百倍頃之躋其巔入黃巖寺少定折而至前嶺席文殊塔觀瀑瀑注青壁下雷奔海立孤搴萬仞峽風逆之簾捲而止忽焉橫曳東披西帶諸

客請貌其似或曰此鮫人輸絹圖也余曰得其色然死水也客曰青蓮詩比蘇公白水佛跡孰勝余曰太白得其勢其貌其怒其貌骨然皆未及其趣也今與客從開先來歙削十餘里上鑠下蒸病勢已作一旦見瀑形開神徹目增而明天增而朗濁慮之縱橫凡吾與子數年淘汰不肯淨者一旦皆逃匿去是豈文字所得詮也山僧曰崖徑多虎宜早發乃下夜宿歸宗寺次日過白鹿洞觀五老峯踰吳鄣山而返

湯賓尹遊廬山記

余有淮藩之役未離門輒與廬山爲盟九月朔竣事念違新建座主十餘年矣又彭蠡與匡廬合勝舟居缺一焉不可乃假一舠由東鄱上章江侍座主桃花嶺下劇談數日而別癸卯發雙港越五日抵南康落星湖落星去南康不里許廬山諸峯迫欲肅客竟爲湖風所厄孤寄莽蕩中檣櫓俱號幸月色無恙與家人守坐到明風稍定牽船步下卽日爲開先黄巖之遊期去歸宗以天暮不果仍歸船宿己酉遊白鹿望五老峯徑白鶴觀棲

賢橋觀金井玉淵之勝日入林壑昏黑不可行輿至萬壽寺宿庚戌上含鄱嶺道蘆林菴月天禪堂炊於金竹坪轉徑黄龍潭道赤脚塔慈雲菴宿於天池明日謀再登五老由天池後嶺登御碑亭遊佛手巖竹林寺至大林寺講經台雲霧大作四山俱蔽對面不辨人余興愈不可遏霧雨濕透衣巾風狂不能置足乃止小息法勝菴爇衣腹枵甚重入大林索飯飯竟歸宿天池其夜諸谷皆雪壬子霽然風緊甚游文殊捨身獅子三巖取道後嶺入雲峯寺薄暮東林小飯二鼓抵潯陽宿公廨中明日渡大江就舟湖口余往返不半月高山大川一旦掩爲眉底游廬數日耳陰晴風雪極燠大寒四時之景具備又所歷巖壑摩巇穿邃殊不草草旣自以爲生平之奇諸好事僧道從游亦以爲此番竭蹶倍先後從遊凡得詩若干章時萬歷丁未九月也

一山亘五百餘里坐臥數郡南吻雄湖北枕長江天下奇觀莫巨焉中間疊壁層巒複溪𧂐瀑不足云也觀湖於含鄱嶺觀江於天池於竹林寺勝

概扼矣上嶺之日天際空朗五步一息十步一回顧數株烟樹離離水滆者南康郡也疑一帆獨插經時不動者落星墩也嵌珠剝翠蜿蜒周遭若起若伏者都昌餘干諸山也大小漢陽獨長諸峯屹然雙矗五老居白鹿之右橫見側出周旋四五十里不暫捨嶺腰爲他峯所蔽一老猶殷勤送客望望下嶺而後別山南之致於斯爲備及予游北山登天池尋竹林寺獨立訪仙亭上江如帶舟如鳧田疇如圻其下雉諸山隱隱來赴如屏如幕少焉雲縷縷出山下如數百鵠徊翔林莽間斯須彌漫天地江山人我四顧無影視立既靜若有翁忽往來游行空中者於此外更覓竹林寺眞成夢語耳由竹林寺至大林由大林至講經台皆冒重雲中罡風橫掣數努力固下足不然恐飛去捫崖得路停一菴半晌已而出戶忽大風從地捲獨全露香爐峯衆共合掌讚歎希有

梵宮刹宇之富至今極矣西之廬東之台宕皆勝區也顧反不及往東遊國青天封見其寺之頹僧之羸狀幾不堪然僧亦何用肥澤也泰岱武當九華白嶽皆以香火之盛爲饞髡俗羽所踞室牖華美酒肉狼戾佳山水成一穢場大可惋惜予所過廬山數十寺獨黃龍潭竹木蓊蔥成行金竹坪一堂主接衆結菴數層然亦尚存竹石間想開先白鶴之屬不至如棲賢火場之廢棄者僅支敗椽而已天池獨鐵瓦殿雄整旁亦落落其他每一谷中一茅蓋一人蓋前種菜足食予謂廬山得意處當全在此造物者護惜此山不欲以塵俗涴耶茅中之人其亦有苦行眞修行不負山雲者耶得意之時顧視壁間句曰都可抹殺入山惟恐不深無人之境予將卜焉以待異日矣

遊棲賢橋記

由白鹿洞西南行十餘里爲棲賢橋兩崖石牆峙跨石成橋橋趾餘石可坐以酌上視若屋下視若剖甕盎溪水宮焉渟泓莫測所謂金井者也從橋上瀉水抵溪可一瓶盡其下流一石方廣鐫三峽澗三字陡絕不可就其上流皆巍石或偃臥或怒立水大小雜出其腹恣躍以鳴取酒澆之如

樅金鼓溯溪行一里聲漸細已復大壯曰玉淵其級而疾趨略如青玉峽而渡水一石轉大注水潭轉細衆水聚行石上當其坦博洩漩欲舞於微凹處忽跌勢不得復黏石斜飛以出撞落潭面別爲卷舒出沒之狀如沸湯如噴雪如輸絞綃如跳珠余無以窮其妙青玉峽瀑布皆席而仰視意得安穩金井玉淵皆俯瞰足下石滑膩如油下臨無底水聲震撼肉顫毛悚不敢久立也

徐宏祖遊廬山記

戊午余同兄雷門白夫以八月十八日至九江易小舟沿江南入龍開河二十里泊李裁縫堰登陸五里過西林寺至東林寺寺當廬山之陰南面廬山北倚東林山山不甚高爲廬之外廓中有大溪自南而西驛路界其間爲九江之建昌孔道寺前臨溪入門爲虎溪橋規模甚闊正殿夷燬右爲三笑堂

十九日出寺循山麓西南行五里越廣濟橋始舍官道沿溪東向行又二里溪廻山合霧色霏霏如雨一人立溪口問之由此東上爲天池大道南轉登石門爲天池寺之側徑余稔知石門之奇路險莫能上遂倩其人爲導約二兄徑至天池相待遂南渡小溪二重過報國寺（注今報國寺遺址尚存）從碧條香靄中攀陟五里仰見濃霧中雙石屼立即石門也一路由石隙而入復有二石峯對峙路宛轉峯罅下瞰絕澗諸峯在鐵船峯旁俱從澗底矗聳直上倆立咫尺爭雄競秀而層煙疊翠澄映四外其下噴雪奔雷騰空震盪耳目爲之狂喜門內對峯倚壁都結層樓危闕徽人鄒昌明畢貫之新建精廬僧容成焚修其間從菴後小徑復出石門一重俱從石崖上上攀下躡磴窮則挽籐籐絕置木梯以上如是二里至獅子巖（注此處所由之徑即王季重所稱百步梯之僻徑）巖下有靜室越嶺路頗平再上里許得大道即自郡城南來者歷級而登殿已當前以霧故不辨逼之而朱楹綵棟則天池寺也蓋燬而新建者由右廡側登聚仙亭亭前一崖突出下臨無地曰文殊臺（注非今文殊台古文殊台尚在其下）出寺由大道左登披霞亭亭側歧路東上山脊行三里由此

再東二里爲大林寺由此北折而西曰白鹿昇仙臺北折而東曰佛手巖昇仙臺三面壁立四旁多喬松高帝御製周顛仙廟碑在其頂石亭覆之製甚古注據此可證近人臆造白鹿昇仙臺之誤佛手巖穹然軒峙深可五六丈巖端石歧橫出故稱佛手循巖側菴右行崖石兩層突出深塢上平下仄訪仙臺遺址也臺後石上書竹林寺三字注據此可證今新建訪仙亭地址之誤竹林爲匡廬幻境可望不可卽臺前風雨中時時聞鐘梵聲故以此當之時方雲霧迷漫卽塢中景亦如海上三山何論竹林還出佛手巖由大路東抵大林寺寺四面峯環前抱一溪溪上樹大三人圍非檜非杉枝頭著子纍纍傳爲寶樹來自西域向有二株爲風雨拔去其一矣二十日晨霧盡收出天池趨文殊臺四壁萬仞俯視鐵船峯正可飛舄山北諸山伏如聚蛩匡湖洋洋山麓長江帶之遠及天際因再爲石門游三里度昨所過險處至則容成方持貝葉出迎喜甚導余歷覽諸峯上至神龍宮注此路今亦嶔崎迄少人行右折而下入神龍宮奔澗鳴雷松竹蔭映山峽中奧寂境也循舊路抵天池下從歧徑東南行十里升降於層峯幽澗無徑不竹無陰不松則金竹坪也諸峯隱護幽倍天池曠則遜之復南三里登蓮花峯側注此蓮花峯爲今蓮花菴地霧復大作是峯爲天池案山在金竹坪則左翼也峯頂叢石嶙峋霧隙中時作窺人態以霧不及登越嶺東向二里至仰天坪因謀盡漢陽之勝漢陽爲廬山最高頂此坪則爲僧廬之最高者坪之陰水俱北流從九江其陽水俱南下屬南康余疑坪去漢陽當不遠僧言中隔桃花峯尙有十里遙出寺霧漸解從山塢西南行循桃花峯東轉過壟縠石越嶺南下復上則漢陽峯也注此路猶昔第經箕窪亦可至耳先是遇一僧謂峯頂無可託宿宜投慧燈僧舍因指以路未至峯頂二里落照盈山遂如僧言東向越嶺轉而西南卽漢陽峯之陽也一徑循山重嶂幽寂非復人世里許蓊然竹林中得一龕有僧短髮覆額破衲赤足者卽慧燈也方挑水磨腐竹內僧三四人衣履揖客皆慕燈遠來者復有赤脚短髮僧從崖間下問之乃雲南鷄足山僧燈有徒結茅於內其僧歷懸崖訪之方返耳余卽拉一僧爲導攀援半里至其所石壁

峭削懸梯以度一茅如慧燈龕僧本山下民家亦以慕燈居此至是而上仰漢陽下俯絕壁與世敻隔矣暝色已合歸宿燈龕燈煑腐相餉前指路僧亦至燈半月一腐必自己出必徧及其徒徒亦自至來僧其一也二十一日別燈從龕後小徑直躋漢陽峯攀茅拉棘二里至峯頂南瞰鄱湖水天浩蕩東瞻湖口西盼建昌諸山歷歷無不俯首失恃惟北面之桃花峯崢崢比肩然昂霄逼漢此其最矣下山二里循舊路向五老峯漢陽五老俱匡廬南面之山如兩角相向而犂頭尖界其中退於後故兩峯相望甚近而路必仍至金竹坪遶犂頭尖後出其左脅北轉始達五老峯自漢陽計之且三十里余始至嶺角望頂坦夷莫詳五老面目及至峯頂風高水絕寂無居者因遍歷五老峯始知是山之陰一岡連屬陽則山從絕頂平剖列爲五枝憑空下墜者萬仞外無重岡疊嶂之蔽際目甚寬然彼此相望則五峯排列自掩一覽不能兼收惟登一峯則兩旁無底峯峯各奇不少讓眞雄曠之極觀也仍下二里至嶺角北行山塢中里許入方廣寺爲五老新剎僧知覺甚稔三疊之勝言道路極艱促余速行北行二里路窮渡澗隨澗東西行嗚流下注亂石兩山夾之叢竹修枝鬱葱上下時時仰見飛石突綴其間轉入轉佳旣而澗旁路亦窮從澗中亂石行圓者滑足尖者刺履如是三里至綠水潭一泓深碧怒流傾瀉於上流者噴雪停者毓黛又里許爲大綠水潭（注卽今自在亭下之潭西人游者常游泳其中）水勢至此將墮大倍之怒亦益甚潭前峭壁亂聳回互逼立下瞰無底但聞轟雷倒峽之聲心怖目眩泉不知從何墜去也於是澗中路亦窮乃西向登峯峯前石臺鵲起四瞰層壁陰森偪側泉爲所蔽不得見必至對面峭壁間方能全收其勝乃循山岡從北東轉二里出對崖下瞰則一級二級三級之泉始依次悉見其塢中一壁有洞如門者二僧輒指爲竹林寺門云（注所謂對崖卽觀鷹嘴卽今東方寺）故址頋之北風自湖口吹上寒生粟起急返舊路至綠水潭諦觀之上有洞翕然下墜僧引入其中曰此亦竹林寺三門之一然洞本石罅夾起內橫通如十字南北通明西入無底止（注此洞今名觀音洞西入乃爲懸崖）出溯溪而行抵方廣

已昏黑二十二日出寺南渡溪抵犂頭尖之陽東轉下山十里至楞伽院側遙望山左脅一瀑從空飛墜環映青紫夭矯滉漾亦一雄觀五里過棲賢寺山勢至此始就平以急於三峽澗未之入里許至三峽澗澗石夾立成峽怒流衝激而來爲峽所束迴奔倒湧轟振山谷橋懸兩崖石上俯瞰深峽中迸珠戛玉過橋從歧路東向越嶺趨白鹿洞路皆出五老峯之陽山田高下點錯民居橫歷坡陀仰望排嶂者三里直入峯下爲白鶴觀又東北行三里抵白鹿洞亦五老峯前一山塢也環山帶溪喬松錯落出洞由大道行爲開先道蓋廬山形勢犂頭尖居中而少遜棲賢寺實中處焉五老左突下卽白鹿洞右峙者則鶴鳴峯也開先寺當其前於是西向循山橫過白鹿棲賢之大道十五里經萬杉寺陟一嶺而下山寺巍然南向者則開先寺也從殿後登樓眺瀑一縷垂垂尚在五里外半爲山樹所翳傾瀉之勢不及楞伽道中所見惟雙劍嶄嶄衆峯間有芙蓉插天之態香爐一峯直山頭圓皐耳從樓側西下壑澗流鏗然瀉出峽石卽瀑布下流

也瀑布至此反隱不復見而峽水匯爲龍潭澄映心目坐石久之四山暝色返宿於殿西之鶴峯堂二十三日由寺後側徑登山越澗盤嶺宛轉山半隔峯復見一瀑並掛瀑布之東卽馬尾泉也五里攀一尖峯絕頂爲文殊臺孤峯拔起四望無倚頂有文殊塔對崖削立萬仞瀑布轟轟下墜與臺僅隔一澗自巔至底一目殆無不盡不登此臺不悉此瀑之勝下臺循山岡西北溯溪卽瀑布上流也一徑忽入山迴谷抱則黃巖寺據雙劍峯下越澗再上得黃石巖巖石飛突平覆如砥巖側茅閣方丈幽雅出塵閣外修竹數竿拂羣峯而上與山花霜葉映配峯際鄱湖一點正當窗牖縱步溪石間觀斷崖夾壁之勝仍飯開先遂別去

釋行遠游三疊記（注行遠卽方以智）

壬辰之秋望匡廬而止焉因送周思皇下湖口恩皇曰至匡廬不一游雖云後來名山笑我矣曷一覽其最勝無上三疊泉遂從玉川門入玉川門有伊菴禪師指其路路故迷失向無遊者遊者經麻姑頂過九雲從陘上

傾迤遙睇相去四五里以上瞰下識者病之是時思皇攀籐踰石直抵其下余方病足日苦昏瞀天且暮望半而返以有後日也翌日走舊遊路宿九雲屏遇利公引坐綠水潭綠水潭者五老北面之澗即三疊之巔也言開道繞三疊至玉川門不過五里可建亭其下留資草創之約重九爲蓮社緣前一日雖喘息未強不敢不至凌雲舍也（注：凌雲舍水竹居久圮即劉世揚書玉川門三字石劖亦佚）九日晨起與凌雲舍玄無者舊操杖而進凌雲舍在五老峯東面之下三疊之谷口也谷口里許爲玉川門即入大峽有石門盤旋而上西臨深澗循澗北轉則爲外龍潭有龍門以瀑布下爲內龍潭也水澄碧而淵澈其上則兩峭壁千尋石峯冲霄巉巖陰翠天爲之小經其下如入天門石故多狀有矗矗直上者有谽谺內空者有懸出如霤者柱礎者橛杙者棼橑承陽馬者有磦落欲墮者光幅如屏者方疊如甃者有布猣者鴟張者蹲踞者攫猢援簮者或鵬或隼或獅或象或虬螭蟾蜍溪流澎湃若助其鳴吼飛舞然晦山道人作詩名其諸峯亦一二爾里許轉絕壁始見下疊之杪登對面巖廊乃全見焉奔騰直墜如風吹練忽卷忽落一峽在煙霧中人有不忘人世者哉向嘗以大龍湫石梁石門洞瀑布爲最品目三疊在丁戊之間今親見之不得不爲尊宿拜矣玄公攜茶鐺折枯薪汲龍潭之水以飲我此何異上池乎日方午射濆沫成五色余臥金鰲石在鐘鼓管絃幢幡珠璣間思欲一舉筆貌之恐未能耳金鰲石王蒙修所題上有亭基此後人事矣晡始出回步轉盼聲隨杖來復坐外潭容與焉外潭之瀑亦數丈也伊公煨芋久熟移几飯我已讀其雜華五十三頌此日利公雖不至有伊公相送玉川門外路緣澗底有磐石跏坐水中上有象石仰視撫掌伊公曰思皇不得傲其師矣快哉抵凌雲舍則月臨五老矣五老於此方爲後面凌雲東廡視之始得有嶙峋曲折其左有水簾洞其東北有麻姑崖吐龍碑以相顧拔地環列若建閣谷口以收之誠幽人之壯觀也玄公請余今日瀑下之所吟因爲之記

又跋余既記三疊泉問山志無之有廬山紀事又失其板木和尚問草具

其半藏之黄巖今並不可得忽閲張世南紀聞載水簾三疊以紹熙辛亥始見宣和初青谷禪師已圖此泉於勝果寺之壁惜子瞻聞五老棋聲而未至此朱子守南康止有書與楊伯起本朝李空同始爲之記知舊有此路從谷口入玉川門龍潭至三疊下後迷塞耳此周思皇所以復開新路也凌雲舍三疊之谷口觀五老之面最得其勝萬歷庚申憨愚和尚始尋絶壁下結茅居之同時五老獨古諸大老皆往來此處其地環諸峭壁而中有平址可以建閣余記言之矣憨公之孫爲玄無猶守其法遊三疊汲龍潭未有不從此問津者因採三疊諸詩文編寫一卷天下名山瀑布惟廬山多至數十匡廬之瀑布推三疊第一而出見最後志廬山者其當先觀凌雲此卷矣壬辰長至無道人行遠識

黄道周游廬山詩序

南康至阜麓僅五六里西北十許里至白鹿洞體勢似考亭環結差小洩水易徑但倚五老足命兒孫耳山行四五里至白鶴觀不聞棊聲西抵峽水便爲棲賢棲賢久廢乍興創不甚住僧顧其地甚幽勝峽中橋亦不能轂月以山材度之平橫數十步下臨方潭杳逢碧深殷雷所趨踰峽左上數里有萬壽寺右踰嶺里許爲廬岳祠祠右得瀑布數十仞以在叢峽中無停盼處不得與開先相麗從此矗上廿許里差可喘息北出五老南出漢陽此其中道也五老道中六七里僧皆廬居一再度嶺循壑東下至三疊泉爲五老盡處泉三級匯瀉下爲瀑布踰岑望之粲然截玉還循崖而西望諸東峽嶷角然可畏也凡廬山骨立眉目可辨者惟五老諸峯耳已至峯巔則皆負土曲壑環邱自爲向背每瀹鬱四塞茫然灑雪奔濤尋丈千態如梅雨村逕中無復奇峭嶄巖之致幸小霽清拔足上五老東瞰兩湖可鈞盆沼西望潯陽如澮魚胠垂踵大劈嵌數百仞響諸幽鬱差爲洗滌矣從此還中峯爲屋脊嶺三峽平瀉中稍回互亦已有僧經始其中西北出六七里爲講臺可望三林是在九江之陰稍出小天池不見所謂天池者還至大天池得兩泓在寺中寺殊勝於池也從此東上得佛手巖爲

獨有潤耳下安得並余曰當潤之時下在潤當下之時潤在下頓曰不然祇如流瀦爲淵下於何有余曰瀦石則沁石裏寸許瀦砂土則沁砂土丈尺許非下而何話已束身躋一線天一線天者巨石罅裂天光迸射名甚都而所見頗不如所聞云先是望石頭有數人攜榼相招飄若九天仙子比近則余舊識萬松坪主人聞極也與俱至月宮庵自庵至萬松坪數里余舊嘗遊歷紀之峯瀑一指此不詳明日聞極令其徒導余躡五老峯巔峯錯落前突如老人擁坐作句僂態其鬚眉顴頰皆未可背立觀也峯頭松一一皆蟠屈生逶迤緣地常十數尺許畫家所未云覩峯北所峙者曰乾綱嶺爲五老少祖有禪者日欲結廬其下掩關修淨戒餘二十年諸山歸德焉日故新城黃忠節端伯族子也余就訪止宿因論安國說無心無戒懼欲不爲猺云云豈不成無忌憚去日稱善立出禪燈藏本示余余展披至此段墨之矣余本謂學佛者無淨垢無善惡其極必歸於此而日未深思也垂別汲汲欲有所言拉余入密室坐定舉太原孚上座談經不識

法身公案以爲悟須實證也余曰實證誠善但如孚上座聞鼓角聲忽然契悟日曰所悟不空余曰終是空悟因論及男女居室日斥爲殉欲忘性余曰何不看取天地之化育日曰連天地亦脫離不得死生根余歎曰横渠謂釋氏以心法起滅天地信不浪談遂責以歸儒則盡人之性從佛則滅人之類日拊掌狂笑曰但願人類滅盡箇箇成佛去也余詰曰滅盡則需閑物後不煩願力卽今戶口凋殘公願乃少愜異時生齒蕃殖顧大不愜公願耶遂別去偕頓下抵棲賢寺宿焉塗次頓顧余曰使公得志不知置我輩何地余復曰極有區置禪人用心精專頗有曙於寂然智圓之體惜未就裏體認而識其爲資生資始之大原也若天子建極延中道者爲成均師參選釋氏之有覺者隸國子生使明倫察物以日修其孝弟忠信學成分教天下之士此現成德行料予何忍棄也其餘樸者農悍者兵老疾者入養濟院豈非各得其所之極致遂相共啞然一笑明日別棲賢歸髻山草堂頓修亦過訪開先復聯屐行時頓聞家耗未實老母弱弟念不

艾行陰平法扳木援崖上三人屢失次僅以長呼相聞詣泉所團坐大噱泉洒空中碎如玉屑巖壁圍攢湍瀑激飛歸宗僧行正粱之如虹界雨道復倚崖搆閣高下銳直悉與崖推移人出入儼履洞壑謦欬皆化甕裏聲坐閣上聽泉疑龍吼九天忽下淵者此爲行正能事矣泉事失之三疊者補諸此